空と海と
校長先生
中村勝雄
悠人書院

## 【登場人物】

| | |
|---|---|
| 西崎武志《にしざきたけし》 | 俺。作家。脳性マヒ |
| 西崎美樹《みき》 | 武志の妻。イラストレーター |
| 西崎空《そら》 | 長男 |
| 西崎海《うみ》 | 次男 |
| 中田《なかた》さん | ホームヘルパー |
| 北川《きたがわ》えいる | 海の浜小学校校長 |
| 大野玲子《おおのれいこ》 | 空の一年時の担任 |
| 相葉英明《あいばひであき》 | 空の二年時の担任 |
| 松本《まつもと》先生 | 空の三年時の担任 |
| 桜井麻美《さくらいあさみ》 | 空の四、五年時の担任 |
| 二宮芳郎《にのみやよしお》 | 空の六年時の担任 |
| 岩田瞳美《いわたひとみ》 | 教師。武志の作品の愛読者 |
| 日野薫《ひのかおる》 | 養護教諭 |
| 田宮聖子《たみやせいこ》 | 技術員 |
| 波晴《なみはる》 | 空の同級生 |
| 翼《つばさ》 | 空の同級生 |
| 浜口幸《はまぐちさち》 | 空の同級生 |
| 寺戸《てらど》アヤ | 空の同級生 |
| 星《ひかる》 | 空の同級生 |
| フィ | 空の同級生 |
| 月《るな》 | 空の同級生 |
| 柚木沙絵《ゆずきさえ》 | 空の同級生 |
| アベ君 | 海の同級生 |

# プロローグ　わが子が小学生になる?!

夏の終わりの京都から、新幹線と私鉄を乗り継ぎ四時間がかりで三浦半島の東京湾が見える町に引っ越して来た。

俺は電動車椅子がなくては移動もできない体だが、妻は健常者で、四歳になる長男も、まだ七か月の次男も幸い五体健全に生まれてくれた。そんなはじめての旅で、家族四人疲れ果てていた。

新居の古民家は俺の名前が、表札に大きく『西崎武志《にしざきたけし》』とあり、すぐに判った。その字の立派さに、今は亡きオヤジの喜びがこもっている。そう思えて仕方がなかった。

オヤジは京都に生まれ育ち、俺を育ててくれた。両親とも郷土愛が強く、生涯、京都を離れることはなかった。そのオヤジが転売目的で買った古民家をトイレから風呂場や、いたるところまで知り合いの建築業者に頼み可能な限りバリアフリー化してくれた。たぶん二千万円以上かけたようだが、不動産業でそうとう儲《もう》けていたオヤジには簡単なことだったのかもしれない。キッチンも妻の美樹《みき》のために最新のオール電化にしてくれた。

五年前のこと俺の両親にしてみれば息子の結婚は、寝耳《ねみみ》に水どころか、寝ている耳にいきなり

# プロローグ　わが子が小学生になる?!

熱湯を浴びせかけられたような衝撃だったに違いない。

歩くどころか何もできない脳性マヒだから母親は、まさか結婚相手が現れるなど想像もしてなかった。そのうえ美樹のお腹に赤ん坊がいたのも、親たちの想像を絶することだった。こんな俺のようなひとり息子を持ちながら、初めて孫を抱いた両親は幸せそうだった。そのあまりのことに両親とも安心して早死《はやじ》にしたのかと、今でも妻に冗談を言ったりする。

オヤジは設計士に、あれこれ可能な限り俺が楽に動けるよう依頼していた。そんなこの家に引っ越して、四歳の長男、空《そら》は大はしゃぎしていた。

この町は海に近く、少し歩けばすぐに潮のにおいがただよい、やがて小さな漁港や、夏には海水浴客でにぎわう浜辺が見えてくる。私鉄の線路向こうにはこんもりとした山があり、春には桜がきれいだという。子育てにはいい環境だと妻の美樹が気に入っていた。ただ小学校が子どもの足で二十分もかかるのが、親として先々の心配事だった。

秋の日はつるべ落としだ。もう夕方は薄暗くなり始めていた。ふと気づくと、空は家にいなくなっていた。土地勘のない町で迷子になった。今までの手ぜまなアパートから広い家に移り、彼は喜んでいたのも束の間。すぐ新居にあきてしまい、あっという間に姿を消した。いつものことだが空は、たびたび自分からすすんで神隠しになる。慣れてはいても怒りが湧いてくる。

めまいを振り払い、空腹に耐えて電動車椅子であとを追ったが時遅しだった。まったく物怖《ものお》じせず好奇心だけで生きている空には、いい加減参る。毎度のことながら心配と腹立たしさで全身の筋肉痛がひどくなっていく。ほんの少しは父親が歩けない普通とは違う人間だと判ってほしいが、あの子にしてみれば知ったことではない。

「おーい、空。……いたら返事しなさい！　おとうさん怒らないからさ」

細い路地や側溝、ちょっとした商店街を何度も往復した。子どもが好きそうな公園や空き地もくまなく見た。だが、どこにも空は見つからず、疲れ果てて家に戻った。

きっとはじめての場所で興奮して走り回り、本人も予測できないあらぬ方向にいるのだろうと想像した。しかし四歳児の体力はすでに俺を遥かに追い越し、見つけるのは不可能だった。電動車椅子の最高速度は六キロだ。それではもう追いつけない。嬉《うれ》しい悲鳴だった。まさに健康の素晴らしさを実感するが、俺のような父親にはつらい。思えば空が歩き始めてから、いつも振り回されっぱなしだ。そのたびに美樹も探し回るが、空は見つからない。

知り合いもいない町で空を見つけられず、夫婦して途方に暮れた。

とうとう仕方なく妻の美樹は最悪の事態を考え、涙ぐみながら一一〇番に通報した。すると該当幼児がいるという。急いで充電の減った電動車椅子を走らせた。空は引っ越した初日から警察のお世話になった。彼を警察署へ迎えに行くと、若い女性警官と笑顔で楽しそうに遊んでいた。

空は、女性警官のすきをついて腰の拳銃を抜き取ろうとしていた。その光景に心臓が破裂しそうだった。空は、どうしても拳銃が欲しいらしく何度も手を伸ばしていた。

——なにやってんだよ！

とにかく頭を下げまくり、空を引き取った。何枚かの書類に署名を求められたが、差し出されたボールペンを口で受け取りアラビア文字のようなサインをした。女性警官はとても困った顔をしていたが、俺の障害者手帳をコピーしてもらう提案でこの場をしのいだ。全身が不自由で車椅子だから融通《ゆうずう》してもらえて助かる。しかし背中からは、これでもかというほど冷汗があふれ出ていた。なんとなく将来が見えた。警察のご厄介になるのはこれが最後ではない気がした。十数年後、頭を金髪にしてバイクを盗んだ空を迎えに来る想像をした。

帰り道、彼は何もなかったかのように電動車椅子の背中に楽しそうに乗っていた。車椅子の背もたれと俺の背中の間は、うちの子たちにはどこよりも安心できる居場所になっている。

「……そら。どこにいたの？」

「ばさと、あそんでた」

「バサ？　それ名前？　友だちになったの？」

「うん」

家に帰ったとたん美樹は泣きながら空に、飛びつくように思いっきり抱きしめた。そして空の顔をじっと見つめると、大声で叱りだした。

「そら、どこにいたの？　いつもそうなんだから。もう、バカ」

「おかあさん。バカって言う人がバカなんだよ。知らないの？」

相変わらず、事の重大さがまったく判っていない。俺は疲れすぎてへたり込んでしまい、あいつを叱る気になれなかった。この先が思いやられた。そして弟の海《うみ》は、こちらに笑顔を向けていた。

この騒ぎのあいだずっと海は、お気に入りのおもちゃでおとなしく遊んでいたという。ふたりは兄弟なのに性格は正反対だ。空が動なら、海は静だ。あまりの違いに驚かされることもしばしばだが、その瞬間、ある記憶が頭の中をふとよぎった。

――やはりそういうものなのか……

俺は、余計な考えをあわてて打ち消そうとした。


やっと遅い夕食になった。テーブルには空の好物が並んだ。すると海が、あべてと言って俺の横にきて大きなイチゴを食べろと口に近づけてきた。よく見るとその手は納豆まみれでべっとりとしていた。その小さな手は熟したイチゴを握りしめていた。いつも美樹が食事介助するのを見ていて、おとうさんにはそうするものだと海なりに思ったのだろう。真っ赤なイチゴに納豆がちりばめられている。これを拒絶すれば、きっと海は泣き出す。いままで彼に哺乳瓶《ほにゅうびん》でミルクを飲ませ、添い寝もしている。俺はイクメンのお手本かもしれないが、

――これを食べろってか!?

本人にとっては親切のつもりなのだろうが、その味を想像するとめまいがした。嬉しそうな海は、無慈悲にも覚えたての言葉を繰り返した。

「あべて」

ほぼ強制の食事介助だ。嬉《うれ》しそうに海は、俺の口にイチゴをねじ込んできた。納豆とイチゴのコラボレーションはこの世の物とは思えない味だった。はじめてのおつかいならぬ。はじめての食事介助だった。やはりこの子は違う。少し嫌がると海は泣きそうな顔をした。すさまじい味を表す言葉が見つからない。あげく無抵抗にごくりとイチゴ納豆を飲み込んだ。

そんな様子を美樹は、おかしさと、海のほほえましさに身をよじり笑っていた。

俺が決死の覚悟でイチゴ納豆を全部食べ終えたおかげで、海は満足したようだった。これだけの思いをさせられたのだから、彼の成長に少しは役立ってほしいと願う。とにかく海は自分なりに考えて親孝行をしたのだから、この子に感謝したい。

イチゴ納豆の奥深い味わいは、俺にとって一生忘れられない味になった。

健康な父親なら、小学校低学年のうちは何とか肉体的優位性があるので、これを武器に、半ば強引にいろいろなことを教え込める。しかし俺にはそれができない。歩くことさえ四歳児の空に、すでに追い越されてしまっていた。だから言葉によって、何が正しくて何がやってはいけないことなのかを徹底するしかない。妻もいるし、この地に来てよかったのは近所の人びとが何かにつけて子どもたちに話しかけてくれることだった。空は幸いすぐ近所の保育園に通うことになったが、道すがらたくさんの人から声をかけられた。

妻の仕事は、主に自宅での作業が多く、そのため家にいる時間も長い。子育てとの両立が比較的楽だった。俺もパソコンの前でキーボードを叩いて原稿を書いていたが、妻が留守のときはできるかぎりイクメンに励んでいる。また体の不自由な俺には、福祉からホームヘルパーさんが派遣してもらえた。

一番よく来てくれたのは、中田《なかた》さんという俺の母親より一回り下くらいの女性だった。障害者のサポートをよく心得ていた。この出会いはわが家にとって本当にラッキーだった。本来ヘルパーさんは仕事の範囲以外のことはやってくれないものだが、中田さんはそんなこと一切おかまいなしに、海のオムツ交換なども喜んで引き受けてくれた。妻の留守中に海がお漏《も》らししたときなど、俺ひとりでは何もできないが、そんなときも中田さんがいれば安心だった。

そんなこんなで多くの人びとに支えられつつ、俺たち家族の新しい土地での生活と子育てが始まった。

# 小学一年生★担任は海兵隊の軍曹だった

あっという間にこの町に引っ越してから二年が過ぎ、空《そら》は明日から小学一年生になる。うるさいほどよくしゃべり、相変わらず好奇心旺盛で、こわいもの知らず。それに人なつこく、誰からもすぐに名前を覚えられる。もし彼だけを見たら、まさか父親が〝重度の障害者〟だと思う人はいないだろう。それほど空は、くったくなく育っていた。

「おい空。少しはおとなしくしなさい。そんなんで明日から小学校に行けるのか？」

「だいじょぶだよ。最初は、みんなといっしょに行くんだって」

「おとうさんは心配だよ。いままでの保育園みたいに電動車椅子で送ってやれないんだぞ」

「平気だもん。……海、お前はまだ小さいんだから小学校に、ついてくるなよ！」

家の中を、小柄な空が大きく見えるランドセルを背にして走り回る。それを四つ年下の海も、なにやら興奮して追い回す。ふと長年の不安が心をよぎる。

——こいつ学校で、いじめられないのか？

重度の脳性マヒの父親がわざわざ学校に来ることなど、まずないだろう。少し耳や目が不自由な方はいても、俺の不自由さは横綱級だ。なんとかパソコンが使えて肩書は《作家》としているが、四十二歳にしてたった二冊しか世に出ていない。この数年、短編小説すら書けない。鳴かず飛ばずのままだ。自分で言うのもおかしいが、これから先も売れる見込みはまったくない。出版の現実は年々、ハードルが高くなっている。お手上げだ。もう担当編集者とも疎遠になっていた。俺の人生は木の葉のようだ。どこまで落ちるのかと思う。この先、どうなるか判らない。

だからこそ珍しい父親は、保護者デビューなどせずに隠れていた方がいい。身障者はおとなしくしていれば何事も許される。とにかく静かにそして穏便に、ひっそりと目立たずいよう。そう固く決意していた。すべて妻の美樹《みき》にまかせようと決め込んでいた。若いママたちにとって車椅子の俺は、きっと異次元からやってきたエイリアンのような存在だろう。そんなママさんグループの中に無理矢理入っていくだけの度胸など、とうてい持ち合わせていない。

いじめのニュースを見るたびに意を固くしていた。異端は必ず、いじめられる。それがこの国のルールだ。

空と海《うみ》という名前も変だと反対したが、イラストレーターをしている妻は頑《がん》としてゆずらなかった。この地球上で、かくもスケールの大きな名前はないという。父親としては美樹の勢いに、ふたりの命名に口をはさむ余地はなかった。ひどいつわりに耐え、男には判らない大変な思いをして産んだのだから、名前を付ける権利は母親にある。いつになく真顔で言われた。こちらは返す言葉がなかった。まさに母は強しだ。そこには出会ったとき、サンタモニカの海岸で壊れてしまいそうな、か弱い彼女はいなくなっていた。

ところが一本の電話から、とんでもないことになった。まさかの物語は、この校長先生との出会いから始まった。

妻の美樹が受話器を、俺の耳に当ててきた。

「パパ。小学校の校長先生だって」

顔をしかめて俺は首をふったが返答するしかない。とても声の通る女性校長だった。

「もしもし」

「夕食のお時間に、すみません。わたくし本年度から『海の浜小学校』の校長になりました。北《きた》川《がわ》えいると申します」

一瞬、下の名前を聞き間違えたのかと思った。へんてこな名前に聞こえた。

「あ。お世話になります。空の父、西崎《にしざき》です」

「よろしくお願いいたします。それでですね。今、教頭から明日の入学式に、お父様がいらっしゃらないと、お聞きましたが」

校長先生の口調は怒っている感じがした。こちらは冷静に返事した。

「はい。欠席します。行きません。ご承知のように私は車椅子ですし、ご迷惑もおかけできませんので」

「そんなことはありません。空くんの一生に一度の入学式ですよ。ご覧になってあげたらどうでしょう」

はちゃめちゃなわが子が世話になるのだから、こんな父親まで迷惑をかけられない。本音が伝わらないことに少し苛立《いらだ》つ。

「はぁ。ですが階段や少しでも段差があると、車椅子には無理ですから」

「本校には段差はありません」

きっぱりと校長先生は言い切った。

そんなはずはない。わずかな段差に気づいていないだけだ。ささいな段でも車椅子が動けないことを知らないようだ。世間知らずな校長先生だと話しながら思った。ちょっとした段差もない普通学校などあり得ない。

いままでも小学校から大学まで講演会に招かれ、数多くの学校に行ったが、少しの段差もない学校などなかった。

「では空くんのお父様。おうちに、これからお邪魔して、校内の説明を」

「いえ。自分が、これから学校まで急いで行きます」

「危険では？」

「とにかく電動車椅子で学校の正門まで行きます。それで構いませんか？　ぼくの姿を見ていただければ、お分かりいただけると思います」

「こちらは構いませんが、ご無理をなさらなくても」

「問題ありません。では十五分後に、いや十七分で小学校の正門前まで行きます。タキシードに着替えて行きます」

「えっ⁉　タキシード」

　校長先生の声が戸惑っていた。

「いえ冗談です。すみません。では後ほど」

　いつもの悪いくせが出てしまった。どうしても重い障害を身にまとっていると、相手に知的な部分を疑われている気がして、こちらはまともだとひけらかしてしまう。これも仕方のない長年経験してきた処世術だった。どんな場面でも、とっさのジョークを言うとそれなりに理解される。

　横にいる美樹は、またかと口元が笑っていた。会話が終わり、そんな自分が嫌で受話器を美樹に強く押し返した。自己嫌悪にため息が出た。

「ちょっと俺、小学校に行ってくるから」

「どうしたの？」

「いいから車椅子に乗せて。……新しい校長さんが入学式に出ろってよ。わかってないから見せてくる。この俺のナイスボディーをさ」

とても面倒くさいと思いながら、なぜだか心の奥の方で笑った。まだ子どもが入学もしていないのに校長から呼び出されるなんて聞いたことがない。

美樹がついて行くと何度も言ったが断った。夜、子どもたちだけを家に置いていくわけにはいかない。俺が行くしかない。

家の縁側はバリアフリーが施《ほどこ》され車椅子の乗り降りにちょうどよかった。海岸に向かえば小学校に着くはずだ。うちを出るとき時計を見ると、午後六時少し前だった。電動車椅子の速度調整を早くして家を出た。

——先生たちも大変だな。

たかが障害者の父親ひとりぐらい放っておけばいいのにと首をかしげながら、真っ暗な路地に出た。帰りに牛乳と食パンを買ってきてと、美樹の声が背中にとどいた。

路地から大通りに出て、海岸に向かえば二十分ぐらいで小学校に着くはずだ。夜道を電動車椅子で走ると、とても速く感じる。昼間とは大違いなのだが、なぜだかは判らない。あたり一帯が深い闇に覆《おお》われているので、コントロールレバーの操作も慎重になる。

国道を渡ると、ほんのり潮の香りがした。そして『海の浜小学校』と書かれた標識を確認してから進路を変えると、かすかに波の音がした。夜の静けさでなおさら聴こえたのかも知れない。

きっと正門を通り過ぎれば浜辺に続いているようだ。だが校舎と、砂浜に面した広い校庭は頑丈なフェンスに囲まれているのが夜でも判った。子どもたちの安全に配慮しているのだろう。すると女性の声が聞こえた。

「空くんのお父様ですか？」

「はい。西崎武志《たけし》です。お手数をかけて、すみません」

「こちらこそ、お呼びたてしちゃって。早速ですけど、校内をご案内します。……ほんとに段差はないんですよ」

「お邪魔しまーす」

「私は上履《うわば》きに、履き替えてまいりますね」

正門から玄関に進むと年配の男性が待ち構えていた。手には雑巾《ぞうきん》を持っていた。近づくとネームプレートがちらりと見えた。その恰幅《かっぷく》のいい教頭先生が車椅子のタイヤを拭いてくれた。とても手慣れていた。今までにも経験があるのだろうと思った。

「あ。すみません」

丁寧《ていねい》にタイヤを拭いてもらっていると、廊下から校長先生が笑みを浮かべて戻ってきた。

「ではお父さん。こちらです」

すぐ目の前のくつ箱は横がスロープになっていた。そして校長先生について行くと廊下の両側には保健室や、技術員室があった。

「お父さん。突き当りを左です」

「はい」

「この海の浜小学校は、空くんが四年生になるときに、ちょうど開校して八十周年を迎えるんですよ。素敵だと思いませんか」

「そうなんですか」

雑談しながら校長先生について行くと気づかないうちに一段の段差もなく、すんなりと体育館に電動車椅子で入っていた。心の中では直立不動で礼をした。

「ここが体育館です。あしたは入学式です。……いかがでしょう」

「はい。参加させていただきます。お世話になります」

そうとしか言えなかった。大見えを切ったのが恥ずかしかった。

「よかったわ。本当によかった。それじゃ明日は車椅子用の席を、ご用意しておきますね」

「なんか校長先生。すみませんでした」

「ううん。先週、前任の校長から引き継いだんですけど、先月の卒業生に、ずっと車椅子を使う児童がいたそうなんです」

「そうですか」

「ですから校舎にはエレベーターもあるんですよ。空くんが入学したら、いつでも自由に様子を見に来てあげてくださいね」

「はい」

完敗だった。頭を下げながら片目を強く閉じた。くやしい気にもなった。北川校長は笑顔だった。あいそ笑いでもなく作り笑いでもなかった。本心から喜んでくれていた。

――この校長先生、ただもんじゃないな。

それから急いで家に向かった。途中のコンビニでの買い物は、お客さんがいないとバイトのお兄さんがカゴを持って横を歩いてくれる。妻に頼まれた牛乳と食パン以外に、子どもたちが好物のお菓子も買ってしまった。ふたりの笑顔を思い浮かべると、お菓子を買わずにはいられなかった。

――きっと美樹には叱られるな。

家に帰ると案の定、子どもたちは俺の車椅子に掛けられたコンビニの袋からお菓子を出した。すぐに妻の美樹はそれを取り上げた。

「これは明日。……もうパパは、この子たちに甘いんだから」

「すまん」

「それで、どうなったの？」

いきさつを説明して美樹にシャワーとひげを剃《そ》ってもらいながら、どこかにしまい込んだままの似合わないスーツも探さなければならないと記憶をたどった。想定外の出来事に障害者はとても弱い。特に俺は、急な予定変更はそれこそ大事件だった。

人生、一寸先は判らない。つい忘れがちな言葉を何年かぶりで痛感していた。

その夜。午前二時過ぎ、いつものように美樹の手指をからませ眠っていると突然、腕に強烈なすさまじい痛みが走った。

ぐあっと声が出てしまうほど彼女の爪が、俺の腕に食い込んでいた。なんとか歯を食いしばって耐える。いつも腕に力を入れれば、どうにか我慢できた。その手をふりほどくことも声も上げられない。無理に動くと、なおさら美樹の爪が腕に食い込む。耐えるしかない。毎月一度ほどこうなる。

――また発作か！

わっと叫んで美樹は泣きじゃくり汗だくで飛び起きた。俺は強く抱きつかれ耳と耳をゆっくりと優しくこすり合わせた。彼女の荒ぶる血液の流れや、激しい息づかいと得体の知れない何かが伝わってくる。

「平気だよ。平気。……俺がいるから」

我に返り美樹は、爪が食い込んでいる手をあわてて離した。子どもたちに目をやると何も知らず眠っている。悲しく辛そうな目をした彼女の、唇がゆがむ。

「……こんなの。もういや」

「美樹。いつもの夢だろ。もう大丈夫だから深呼吸しよう。俺がついてる、平気だよ」

「あなた。ごめんなさい。私。……わたし」

恐怖に震える美樹を不自由な手では抱きしめてやれないが、せいいっぱい安心させようと彼女の耳にキスをした。回数は減っているが、たまに美樹は同じ夢にうなされる。すべてを訊《き》いてはいないが、そうとうな悪夢らしい。そして彼女は、俺の血のにじんだ腕を見てまた泣き出した。泣きじゃくりながら、腕に包帯を巻いてくれた。

「……ごめんなさい」

「ばかだな。こんな傷くらい何でもないじゃん」

じんじんと痛む腕の悲鳴を無視して笑ってみせた。美樹の悪夢の正体を知りたい衝動は喉元まで突き上げてくるが何とか抑え込んだ。知りたい。知りたくない。二つの気持ちがせめぎ合っていた。妻のヒミツは神話の中に出てくる、けっして見てはいけないタブーのように思えた。

翌朝。海を保育園に送った美樹は急いで帰って来た。俺は早起きをして準備万端だったが、空はレンタルしたジャケットを着せるのを嫌がり、美樹をてこずらせた。彼には、なぜこんなものを着なければならないのか判らない様子で、美樹の命令口調の声は大きくなった。

小学校の入学式。大きなランドセルをしょった新入生たちの恰好は、可愛いというほかない。親子そろっての晴れ舞台だ。まさに平和な光景そのものだった。子どもより着飾った保護者たちの撮影大会はすさまじい。ほとんどが夫婦同伴で、カメラにホームビデオ、一眼レフを構える父親もいた。ここは韓流スターが来日する羽田空港かと思うほどの熱気にあふれていた。

空たちは初日から小学生あつかいされていく。三クラスに分かれて入学の記念写真を撮る。ひな壇の前列中央には校長先生と担任の先生が座り、何分かかってもきちっと二十五人の新入生たちをほかの教師が椅子に着席させる。あなたたちは今日から小学生なんだと自覚を持たせているように見えた。親から離れて泣く子がいても、おしっこと言い出す子がいても、教師たちはあわてもしない。なれたものだと感心する。さすがの空も緊張しているのか、ちゃんと先生の指示に従っていた。隣にいる妻の美樹は、空の成長が嬉しいのか涙ぐんでいた。

そんな空に目を凝《こ》らすと、いつも公園で遊んでいる女の子が、とても不機嫌な顔をしていた。きれいなスカートをぐしゃっとつかんだり離したりしていた。

「なあ美樹。空の隣の子さ。いっしょに公園で遊んでるよな」

「翼《つばさ》ちゃんよ。保育園からずっと遊んでるわよ」

「ああ引っ越してきた日に、警察呼んでくれた家の子か」

「そう。お母さんもいい人よ」

美樹は、空に手を振った。

入学式は一時間ほどで終わり、正門にある『小学校入学式』の立て看板の前には記念写真を撮る親子があふれていた。わが家はそれが落ち着くのを待っていると、しばらくして恰幅のいい教頭先生が立て看板を前に三人をカメラに収めてくれた。空は疲れてしまいふてくされた顔をしていた。その顔がおかしくて俺は笑ってしまった。空の小学校生活は、こうして始まった。

入学式は午前中で終わり、新入生はお昼前には帰ってきた。空も、さすがに緊張して疲れたらしく、いつもよりおとなしくしていた。

次の日。登校する最初の数日は、一年生のために集団登校だ。朝の七時四十分に近所の小学生たちが集まる。空と保育園からいっしょの波晴《なみはる》と、翼ちゃんも硬い表情をしていた。六年生の班長さんが、ひよこのような一年生を護衛して学校へと向かう。

一年生のランドセルだけは黄色い大きなカバーがかけられていて『こうつう　あんぜん』と書かれている。後ろからの車には、とても目立つ蛍光色になっていた。そのあとを俺は見つからないように探偵をまねて尾行した。ほとんど走行音のしない電動車椅子は、こういうときには便利だ。電柱ごとに身をひそめて尾行した。

見ていると班長さんは、シークレットサービスに負けないほど近づく車などに気を配り隊列を崩さない。その中で小さな一年生は、まるでランドセルが宙に浮いているようだ。あまりにほほえましくて映像に記録できないのが、もどかしかった。

養護学校しか出ていない自分にはこういう経験がなく、ほうっと感心するばかりだった。そして国道を渡る最重要危険地点では、見守り隊という高齢だが屈強なおじさま方が、子どもたちの安全をそれこそ、見守ってくれる。こんな現実をいままで知らなかった。

——すげえ仕組みだな。

学校に入ってしばらくすると、校庭に全校生徒が整列した。見回すとまだ幼児のような空たちから、大人っぽい六年生の女子まで、小学生の多様さに目を見開いた。そして北川校長が朝礼台に上がりマイクを手にした。

「みなさん。おはようございます。あれ、この人、誰だろうと思っていますか？　私は新しくこの『海の浜小学校』の校長先生になった。北川えいると言います」

えいるを強調して、ゆっくりと言った。子どもたちがざわざわっとした。笑い出す低学年の子もいた。名前のせいだと校長先生は判っているようだった。児童たちの前での自己紹介では、いつものことなのだろう。そして校長先生は話を続けた。

「あれどうしたのかな？　えいるって名前がおかしい？　でも校長先生は自分の、この名前が大好きです。この、えいるって名前は、どんな人にもエール、誰かをいつでも応援できる人になれるようになりなさいって、校長先生のお父さんが名付けてくれました。だから校長先生は自分の、この名前を誇りに思っています」

そうなんだという声がした。その子は空の真後ろに整列していた。同じ一組だろう。

一年生なのに、おしゃまそうな女の子だった。もう一度、校庭を見渡した。幼いが多感で個性豊かな子どもたち。小学校はワンダーランドだと思った。

「あたしの名前はね。浜口《はまぐち》さち。さちは、幸せって書くんだって」

「そう、またあとでお話聞くわね。……それではまず一年生のみなさん。校長先生の名前を覚えてください。大きな声で言ってみましょう。いいかな。北川えいる校長先生。はい」

同じように、リズミカルに一年生が返した。空も大きな声を出していた。

「北川えいる校長先生！」

「はい。ありがとう」

それから校歌を上級生たちが歌った。空たちはこうして学校のルールや決まり事を一つずつ学んだり覚えていくのだろう。

俺は、とても満ち足りた気分になっていた。入学式は、北川校長先生に無理矢理参加させられた感じだったが、そのおかげで、このように学校の行事も見ることができるし本当によかった。

挨拶すべきかどうか迷ったが校長先生も忙しそうだったので、俺はそのまま小学校を後にすることにした。俺は家に戻ると、学校で見てきたことを逐一妻に報告した。美樹も、目を輝かせて俺の話に聞き入っていた。そして、いい学校に入れて本当によかったと繰り返し言っていた。

下校してきた空は、お昼も食べずに眠ってしまった。ぴくりとも動かず寝息を立て始めた。

——えっ！　そんなに疲れたのか？

空の昼寝を見るのは、赤ちゃんのとき以来だった。

ずっと保育園では、お昼寝をしない子として有名だった。空に訊くと、お昼寝はつまらないと言う。なんでも真っ先に興味を持ったものに飛びつく。そしてすぐにあきてしまう。保育園から何度か指摘されていた。だが妻の美樹はそれを意に介さなかった。心配しなくても何とかなるが口癖だった。なんとその通り小学校に入ると似たようなタイプの子たちもいて、空の衝動的な動きはさほど目立たなかった。クラスで活発な子のひとりになった。

はじめての算数のミニテスト。空は、３点だった。満点は当然、１００点だ。それを見せられ夫婦で目が点になった。それでも将来の記念にとファイルに入れた。ところが次の週、同じようなテストなのに76点を取ってきた。何が違うのか二つのテストを見比べると、あとのテストは《太郎さんからアメを3個、花子さんからアメを2個もらいました。あわせてアメは何個でしょう。》だった。きっと空は本当にアメを太郎さんと花子さんからもらって食べた気分で、答えを書いたのだろう。まったく楽しい子だ。

そんな感じで毎日、空は学校が楽しいらしく休まなかった。そして給食が始まった。好き嫌いばかりの空は、どうするのか気になって見に行った。すると先客のママが三人もいた。わが子が心配で仕方ない母たちだ。そっと廊下から教室を盗み見た。

「うちの子がパンを配っているわ……」

浜口幸《さち》ちゃんのママが嬉しさに声を震わせた。クラスの二十五人の半分が当番で、白い帽子と白衣をまとい全員に配る。初日ながら先生の指示でスムーズに、いただきますとなった。担任の大野玲子《おおのれいこ》先生は、全員に目をやりながら手早くご自分も食べ終わった。そしてどうしても遅れがちな子の横につき、スプーンを正しく持たせた。そのうえクラス全員を把握している。

もうひとりのママが、ほっとして言った。

「安心しましたわ」

「そうですね」

俺は思わず相づちを打った。あの空が、先生の言うことを聞いている。集団催眠でもかけられているのかと驚いた。それからママたちに手招きされて廊下の奥に行った。

「大野先生のクラスでよかったわ」

「けっこう。きびしいって上の子のときに聞いたけど」

すると年上のママが言った。

「けど、そろそろ妊娠するころじゃないかしら」

「そうね。若い女の先生はそれがあるから」

ママたちのひそひそ話が一息ついて、こちらに視線が集まった。

「あ、西崎空の父です。見ての通りですから。よろしくお願いします」

お互い簡単な自己紹介して自然の流れで、俺が車椅子であることなど気にもされず、知り得た情報を共有するためにグループラインが素早く作られた。母たちの愛情はすさまじいかぎりだ。母性というものを目の当《ま》たりにした。

俺の中だけで名付けるとしたら、わが子心配グループの保護者会だ。その結束は強かった。初対面なのに妙な団結感があった。わが子心配グループとは、我ながらいい呼び名だ。むかし担当編集者から、西崎さんはタイトル選びだけはいいんですけどねと言われたことがあった。

給食が終わると、廊下で子どもたちが遊び始めた。目ざとい空にすぐ見つかった。

「おとうさーん。何してるの？」

「ちょっと、な」

同級生たちにも囲まれた。たくさんの好奇心の目に見つめられた。万事休すだ。空は、いじめられる。いくつものつぶらな視線が痛い。

「なにこのイス、すごい！」

「これ電動車椅子っていうんだよ。ほら」

いつものように空は背中に飛び乗った。仕方なく少し動いてみせた。するとみんな乗りたいとなって交代に乗せた。俺は想定外の人気者になってしまった。空は自慢そうに電動車椅子の説明をした。

「さわっちゃダメだよ。ここをこうやると動くんだ」

「そらのおとうさん。ロボットみたいのに乗ってるんだね」

彼は俺のせいでいじめられるどころか、すごいお父さんがいる子になっている。長年抱えていた心配や予想は大外れした。取り越し苦労という言葉が、心の中に広がっていた。

そんな様子を北川校長が遠くから笑顔で見ていた。お昼休みが終わり校長室をのぞくと、

「空くんのお父さん。入って」

「いいんですか？」

「どうぞ、どうぞ」

北川校長は電動車椅子が入りやすいように椅子などをどけ、通路を広くしてくれた。壁の上部には歴代校長の厳格そうな写真が並んでいた。みな大真面目な顔をした初老の男性ばかりだった。女性校長は、北川先生がはじめてのようだ。

「お父さん。そんなに校長室が珍しいですか？」

「あ、自分はずっと養護学校だったんですけど。いまは特別支援学校っていうのかな。その高校生のとき。ちょっとやらかして校長室に呼ばれたことがあって」

驚き顔で校長先生はこちらを見た。

「え？　何したのお父さん。喫煙？　それとも飲酒？　まさか薬物？」

「校長先生。俺は手足がとても不自由で動かないんですから、たばこに火なんか点《つ》けられません。それに覚醒剤だって、もし注射器が使えるぐらいなら、ね」

「それじゃ。何をなさったの？」

北川校長は身を乗り出した。

「……少し生意気を言っただけです。まわりまで扇動《せんどう》しちゃったみたいな感じ、で」

「あっ。もしかして女子を盗撮とか」

笑って北川先生は訊いてきた。歪《ゆが》んだ背中を伸ばして答えた。高校生の俺は、教育実習の先生に、障害児の未来についての考えを問いただし、挙句《あげく》に泣かしてしまった。俺は、ここを卒業しても会社でも工場でも働けない。人として生きる価値もないのなら自殺しても構わないはずだと教師の卵に詰め寄った。今、思えば健康な相手がねたましかった。同級生たちまで、その教育実習生を糾弾《きゅうだん》した。みんな自らに課せられた言い知れぬ不自由さという重荷が嫌でたまらなかったに違いない。俺はぼそぼそと言った。

「そのときの校長先生から長く養護学校にいるけど、校長室に生徒を呼び出したのはキミだけだって叱られました。だから校長室に入るのは、そのとき以来です」

「お父さんも、けっこうやるじゃない」

「お恥ずかしい。若気のいたりで」

お互いに笑った。そして空の学習面などの心配を伝えた。

「大丈夫よ。私たち教員もプロですからね。来週からは本格的にお勉強も始まるし。空くんのこと、お父さん楽しみね」

「いやあ。あの子、勉強とかついていけるのか。はじめてのテスト、3点でしたから」

「平気、平気。私も校長一年生だから、空くんといっしょに頑張らなくちゃ」

すると玄関ホールがにぎやかになった。一年生の下校が始まった。俺は、空に見つかる前に学校から逃げ出した。


小学校は、勉強もさることながらイベントが多い。五月の連休明け、ママ友からのグループラインが来た。一年生が校外学習で、ロケット公園にいるという。わが家と学校の真ん中にある広い公園だ。

滑り台がロケットのように見えることから通称、ロケット公園と呼ばれていた。妻の美樹は仕事の打ち合わせに行っていた。それでもじっとしてはいられない。もう俺の気持ちは公園に向かっていた。ホームヘルパーの中田《なかた》さんが定時に来てくれた。ここは手を借りよう。

「中田さん。急だけど車椅子に乗せてください。空が、学校から公園に来てるみたいで」

「西崎さんは、本当にいいお父さんね。空くんも、海ちゃんも幸せだこと」

「やつ、おっちょこちょいだから。ついつい心配で、親ばかですね」

ロケット公園に着くと、ママたちが物陰から子どもを見ていた。しかし俺の電動車椅子は目立ちすぎるので、どうすべきか考えあぐねていた。仕方なく道路から不審者のごとく園内をのぞいていた。もし警察が来て職務質問されたら何と言い訳しよう。わが子を見ていると言っても信じてもらえまい。どう見ても怪しすぎる。空は真剣に地面を見ていた。

——やつ、何してるんだ？

クラスごとに先生の話を聞き、地面に落ちた小さな木の枝や、石ころを吟味していた。浜口幸さんのママが道路に出てきてくれた。わが子心配会のグループラインを提案した優しそうなママさんだ。

「空くんのお父さん。どうも」

「こんちは。連絡、ありがとうございます」

「いいえ。……子どもたち今日、自分で枝や小石を選んで。あしたの図工でそれを使うんですって。集め終えたクラスから学校に戻るみたい。一組さんは、てきぱきしてるわよ」

「そうですか」

浜口さんは小走りに戻っていった。春の心地いい風が頰《ほお》をなでていく。そして大野先生がホイッスルを吹くと、空たち一組は素早く整列した。それも背の順に並んだ。すぐに先生は歩きだした。するとと子どもたちも遅れずに続いた。驚くことに大野先生は普通の速度で歩いていく。空たち一組は、それに遅れず隊列も乱れない。

——わお大野先生って、アメリカ映画の軍隊みたいだな。

学校まで十五分ほど先頭をまっすぐ歩き、後ろの子どもたちに大野先生は一度も振り向かなかった。お互いの信頼関係ができているのを目の当たりにした。これが教育なのかと感心した。

俺は電動車椅子をターンさせて国道に出た。そして安心して買い物していると、耳に付けている携帯電話のイヤホンに着信がした。学校からの着信音に驚き、電動車椅子を急停止した。上ずった声で返事した。

「はい。西崎空の父親です」

やさしく穏やかな女性の声がした。

「海の浜小学校、養護教諭の日野《ひの》とも申します。今、お電話、大丈夫ですか?」

「はい。空に何かありましたか？」

突然の学校からの電話に、俺の驚きが先生に伝わっていた。

「ご安心ください。いま空くんは保健室にいます。熱っぽいので体温測定をしたところ、三十七度六分ありました。本日ははじめての校外学習でしたから疲れたのかも知れませんね。ですから教員がご自宅まで、空くんを」

「いま迎えに行きます。すぐ近くにおりますので。十二分で行きます」

信号も無視して学校に飛び込んだ。そっと保健室に入ると、笑顔の養護の先生が迎えてくれた。首からかけたプレートには『養護教諭、日野薫《かおる》』とあった。

ベッドに寝かされていた空が元気に飛び起きた。

「おとうさんだ。日野先生、ぼくのおとうさんだよ」

「すみません。ご迷惑をおかけして」

「はじめまして。養護教諭の日野です。空くん、お父さんがいらしたら元気になったわね。もう一度、体温を測りましょうか」

「空。大丈夫か？」

「うん。もう平気」

日野先生は、体温計を見て微笑んだ。

「さっきよりも下がったわね」

「よかったです」

「担任の大野先生が、今日の授業が終わり、帰りの会で空くんの様子に気づいたそうです」

そこに北川校長も駆けつけた。

「空くん、どう？　校長先生はいま聞いて心配しましたよ」

日野先生が、北川校長に微笑んだ。

「お父さんがいらしたら、お熱も下がりました」

ベッドから起き上がり、空は笑顔をみせた。

「もうぼく平気だよ。北川えいる校長先生」

――もう校長先生の名前を覚えるとは、こいつもやるもんだ。

「あら。校長先生の名前を覚えてくれたの。ありがとう」

「それじゃ連れて帰ります。お手数かけました」

空は素早く電動車椅子にランドセルを引っかけて、俺の背中に乗った。その手慣れた様子に、先生たちは思わず笑った。

お邪魔かしらと入ってきた若い女の先生が、俺の前に来て腰をかがめた。

「あ。空くんのお父さん」

初対面なのに親しげで戸惑った。目がぱっちりとした美人の先生だった。とりあえず挨拶をしておこう。

「空が、お世話になります」

「私は、四年生を担任している岩田瞳美《いわたひとみ》といいます。今、お父さんの本、二冊目を読んでいます。あのヒロインは、奥様がモデルなんですか？　素敵な物語ですね」

「え!?　読んでくださったんですか」

驚きで口をあいてしまった。その本は、勢いだけで書いた恋愛小説だった。すると校長先生が、にやりとした。

「各学年用に、六冊ずつ買わせていただきました。先生たちみなさん読んでますよ」

「そうでしたか。すみません」

「私も、いま読んでます」

保健の日野先生まで本を手にしていた。最近、やけにいろんな先生たちから声をかけられると思っていたら、急に照れくさくなった。自分が書いた小説を読まれるのは恥ずかしい。

秋には遠足に続いて運動会があった。朝早くからお弁当作りで大騒ぎだった。

俺も早く起こされ、校庭の場所取りをまかされた。眠気まなこで校門前に着くと、すでに何人ものお父さんたちがいた。自分が一番かと思っていたらとんでもない。みな臨戦態勢で開門を待っている。

——これでは日陰のいい席は取れないか。

後ろから浜口さんが声をかけてきた。

「空くんのお父さん。おはようございます」

「おはようございます。みんな早いんですね。驚きました」

「ここにいれば平気よ。いい場所取れるわ。走ると先生方に怒られるから、私について来て。ビニールシートあるかしら？」

「はい。持たされました」

電動車椅子の背中に置かれた敷き物のビニールシートが日差しで熱くなり始めた。

まだ開門予定時間まで数分あった。そして浜口幸さんのママから唐突に訊かれた。

「ねえ空くんのお父さん。こんなときにあれなんだけど。空くんママって、イラストレーターの小泉《こいずみ》美樹さんって本当？」

「ええ。仕事上は旧姓のままでやってます」

「すごい。けっこう有名よね」

「そうですか」

幸さんのママは目を見開いて、にじり寄って来た。

「あれなんだけど。おふたりは、どんなふうに……」

それはそうだ。こんな車椅子と、名の知れたイラストレーターのなれ初《そ》めは聞きたかろう。ママたちと知り合って半年、当然の疑問だ。わが子心配会では憶測が飛び交《か》っているに違いない。

――立場が逆なら、すっごく気になるよな。

「ここだけの話にしていただけます？」

「うんうん」

俺の口元まで浜口さんは耳を近づけて来た。声をひそめて答えた。

「いわゆる……。できちゃった婚なんです。週刊春文にはナイショですよ」

「そうなの。うわ。わ、意外」

そのとき校門が開かれ、この話は立ち消えた。だが浜口さんのおかげで日陰のいい場所にビニールシートを敷いてもらえた。

運動会は想像よりも演目が多かった。空たち一年生の五十メートル走はスタートのピストルを使わずに、大野先生が歩幅を大きく開いて用意の体勢のポーズをした。子どもたちもそれを真似る。練習成果の発揮どころだ。そしてホイッスルの合図で子どもたちは四人一組で走り出す。その可愛さに声援のボルテージは大きくなった。

空がスタートラインに着くと、美樹は立ち上がったものの心配で見ていられないのか、俺の背中に乗っている海の後ろに隠れた。

「パパ。どう？　空は転んでない？」

「わ、すごい。空は三着に入ったよ」

美樹は飛び跳ねて喜んだ。ほかにも空たち一年生は、玉入れやダンスをした。運動会最後の演目になる六年生の、一糸乱れぬ『よさこいソーラン節』は圧巻だった。終わると拍手が鳴りやまず、六年生の担任の先生は子どもたちの労をねぎらい泣いていた。

いまは小さい空も、いずれソーラン節を踊る日が待ち遠しいような、このままでもいいような、親心は複雑だった。

運動会に疲れ果てたのか、空は早々《はやばや》と海といっしょに眠ってしまった。妻の美樹も台所の片づけをすませた。

――こういう日は。

真夜中の発作を予感した。まだ悪夢の真相は訊いていない。いや訊けないでいた。

「美樹。大変だったね。おつかれさま」

「ううん。けど小学校ってすごいわね。空が先生の言うこと聞いてるんだもの」

「そうだね。この半年はあっという間だった」

「ええ。……パパ。コーヒー飲む？」

この妻の発作には、どんな秘密が隠されているのか。頭の奥で考える。

「ありがと。美樹のコーヒーは、おいしいからいただきます。今日は早く休みなよ」

「うん。そうするわ。……顔、痛いでしょ？」

「十月にしちゃ陽ざしが強かったしね」

お互いの鼻と頬が、赤く日焼けしていた。

「今日は何人からも、空くんのママって話しかけられたわ」

「俺なんか、朝っぱらから美樹とのなれ初めを訊かれてさ」

すっと近づいて来た美樹は目を見開いた。

「なんて言ったの？」

「うーん。できちゃった婚って」

「えっ⁉　作るわね。さすが作家さん」

「鳴かず飛ばすだけどさ」

「うそばっかり言うのね、この口は」

唇をつままれた。俺は笑って言った。

「ふふ。あ、またゴーストライターの仕事きたよ。女性の障害者の方の自叙伝」

「できちゃった婚か。私たち」

美樹は、できちゃった婚という言い方がうけてしまい、笑ってコーヒーをこぼしそうになった。そして指をからませて手をつなぎ床に就いた。疲れている彼女は深い眠りに落ちていった。もしかしたら美樹は疲れすぎて今夜も発作を起こすのか。どんなことがあっても、この家族は俺が守る。緊張しながら目を閉じた。


新しい年になった。去年は空の入学で目まぐるしい一年だった。

空のクラスの廊下には、書初《かきぞ》めが飾られていた。彼の習字はアラビア語かと思うほど墨文字が踊っていた。それから校長室をのぞいたが、北川先生は不在だった。そして誰もいない玄関を出ると校舎の間の狭い通路に人影があった。缶コーヒーを手に持ち、壁にもたれていたのは北川校長だった。電動車椅子でそっと近づいた。先生が手にしている缶コーヒーはブラック無糖だった。俺には、にがくて飲めない代物《しろもの》だ。

「あれ。校長先生。どうしたの？　こんな寒い所で」

「わ。お父さんに見つかっちゃった」

「なんか分かりますよ。大変ですもんね。校長先生って」

「お父さんって、よく見てるわね。たいてい毎日、なにかしらあるのよ。それが他学年で二つ起こると、もう大変」

校長先生は欧米人のように肩をすくめた。

「あ、それって同時多発テロ事件みたいですね」

きっと校長先生は、問題を起こした子どもからの言い分を決めつけないで聞き取り、しっかりと事実確認。それを保護者へ連絡。そのあと担任たちとの対策の話し合い。先生たちもそれぞれだから、調整するのがもう大変って感じだろう。だが子ども本位の分、会社でいえば部下になる教師たちからは面倒な校長だと嫌われることも多いだろうと思ったが、それは伝えなかった。いい校長は、教師から好かれるとは限らない。

目をぱちくりさせて、北川校長はうなずき感心していた。

「よく分かるわね。お父さん。さすがに作家さんだ。すぐにも校長できるわよ。半分代行してもらおうかしら」

「いやいや。ただの車椅子ですから」

校長先生は、うっと背伸びをした。

「さて、お父さんのおかげで気分転換できたし。同時多発でもなんでも解決しないとね」

「でも先生。入学式の前の日にお電話いただいて、おかげで空の成長をこんなに間近で見られてるんだから。本当に感謝しています。……北川えいる校長先生。これからも先生のお手伝いになることなら、なんでもします」

ありがとうと言って校長先生は、飲み終えた空き缶を花柄のハンカチにくるんで戻っていった。そして振り返った先生は、こちらに向けて小さく手を上げた。

――今年は何が起きることやら。

校門を出て国道を渡ると突風が吹いて来た。この冬は寒くなりそうな予感がした。

鼻歌交じりで家に帰った。ひとりで居間に入る手順は、車椅子の座席と同じ高さに造り直された縁側で、へその所にある自動車と同じ仕組みのシートベルトを右手で外し、少しのけぞるようにして腰を前に押し出す。そして動きの軽やかなサッシ戸を開けて室内へと入った。するとちゃぶ台に、買い物をして保育園にお迎えに行きますとメモ書きがあった。そして用意されていた飲み物のストローに口を近づけたとき突然、お腹がごろっとした。それから肛門に激しい便意が襲ってきた。何かに刺されている感じがした。あっと情けない声が出た。まだ漏らしてはいない。しかし……。

――これはやばい。

俺にとって最上級の危機が予告なしにやって来た。年に何度か前ぶれもなく下痢をするが、今日の突然の腹痛はすごい。もう我慢できそうにない。実際に、きゅるきゅるというお腹の音が聞こえた。膝とお尻でいざって進み、キッチンとの境で動けなくなった。歩ければすぐにもトイレに飛び込みたいが、ここからまだ七メートルはある。古民家ゆえの広さが災いしていた。妻がいれば力づくでトイレへと引きずってもらい、いつもは事なきを得ているが、これでは連絡しても間に合わない。肛門を力の限り閉めて天井を仰いだ。

そこへ空が元気に、ただいまと帰って来た。彼はいつにない俺のただならぬ様子に駆け寄って来た。青白い顔の弱々しい父親に驚いていた。

「お、おとうさん。どうしたの!?」

天の助けか、それとも……。この子の前で下痢をもらしたくない。しかし空に、俺を引きずることはできない。考える前に口から声が突いて出た。

「空。お腹がぴいぴいで、もう出ちゃいそうなんだ」

たぶん俺は鬼の形相《ぎょうそう》をしているのか、彼は泣きそうな顔をした。

「怒ってないぞ。助けてくれ。空」

「どうしたらいいの？　おとうさん」

「風呂場の洗面器と……。それと古新聞を持ってきてくれ」

「わかった」

こちらのただならぬ緊張が伝わっていた。空はすぐに持ってきた。そのとき俺はズボンのベルトを外していた。彼にかすれた声で指示して洗面器の中に古新聞を広げさせた。

「とうさん。洗面器に下痢をもらすけど手伝ってくれるか？」

「いいよ」

キッチンの手すりを使って膝立ちすると、大きめのズボンはずり落ち尻が出た。その真下に洗面器を置かせた。同時に、そうとうな量の下痢が噴射した。ちらっと空を見ると、驚き過ぎたのか無表情だった。七歳になったばかりの子が、他人の下痢を目の当たりにすることはまずないだろう。とても申し訳なく思ったが、これほど助けられた気持ちになったことはない。それ以後、子どもの有難さが脳裏《のうり》にこびりついた。

「空。しっかり息を止めて、洗面器を縁側に出してくれ」

「わかった」

俺は続けて、小さな声で話した。ほっとして全身の力が抜けた。そして大粒のあぶら汗が耳からしたたり落ちるのが判った。

「もうとっくに知っているだろうけど。とうさんがパンツはいてないのはナイショな」

「わかった」

空は息をオーバーに止めて腰を折り、まるで下痢便の洗面器をお殿さまへの献上品のように頭より高く持ち、縁側の外に置いてくれた。戻ってきた彼は神々《こうごう》しくたくましく見えた。こんなに子どもに助けられるとは思ってもいなかった。自己嫌悪に襲われた。こんな父親ですまない。そして欲しがっているカードゲームを買ってやると言おうとしたとき、友だちが迎えに来て、空は遊びに行った。手を洗った様子もなく苦笑いした。

「やつは大物になるな。運もよさそうだ」

そんな言葉が思わず口を突いて出た。やつのおかげで超緊急事態下痢事件の被害は最小限ですんだ。地震予知ならぬ、下痢予知ができたならノーベル賞級に助かる。だがパンツをはいていたら万事休すの悲惨な惨状になり、心も気持ちも折れてしまい立ち直れなかったに違いない。俺がパンツを脱ぎ捨てたのは結婚式の前日だった。

自分でできることを増やしたい。いままでも創意工夫や発想の転換を繰り返しやってきた。だがもうこれ以上は無理だった。いくら努力してもこの身体では、どうにもならない限界があった。それでも大便を何とかしたかった。洋式トイレの便座が床と同じなら膝立をして大きなズボンなら勝手に落ちていく。ところが難題はパンツだった。どうにか利《き》き手で少し下げても尻は出せない。思いつくす限りでは全部チャレンジしてみたがパンツは下ろせなかった。ネット検索もした。リハビリの専門家にも相談したが妙案はなかった。プロの意見では衛生面を考えてパンツについては介助してもらうしかないとの結論だった。それでも何とかしたい。知恵をしぼり考えにあぐねても妙案はなかった。

ところが結婚する前。ひとり暮らしを半年ほどしていたとき、ホームヘルパーさんにこのパンツの悩みを打ち明けると、

「西崎くん。それならパンツをはかなければいいじゃない」

確信をもってあっけらかんと言われた。

「えっ⁉」

そのヘルパーさんは母と同世代の人だった。若いころは名だたる企業の役員秘書をされていたらしい。説明によればその昔、英国紳士は下着など着けなかったという。その証拠に今でもワイシャツは下がまっすぐではない。前で前を隠し、後ろでお尻を隠していたという。西崎くんは紳士なんだからそれでいいと太鼓判《たいこばん》を押された。それ以後、トイレ全般が驚くほど楽にできるようになった。しかし世間の誰もが、まさか俺がパンツをはいていないと思う人はいないだろう。わが家では公然の秘密になっていた。

こうして俺は新年早々最大のピンチを迎えることになったが、空のおかげで何とかこれを切り抜けることができた。彼は、まだ小学一年生だがオヤジを緊急事態から救い出し、何も言わずにその場から立ち去っていった後ろ姿に、俺は思わず手を合わせたくなった。そして息子がたくましく成長していく姿に大きな喜びを感じていた。

冬。学校全体の行事は少ない。ただ六年生だけは卒業に向けてあわただしい。

空たち一年生は、入学してからお世話になった六年生の卒業式で手渡すメッセージを書いた。練習ノートを見せてもらうと、ひらがなが彼なりにうまくなっていた。

こうして空と俺は、小学校一年生と小学生の親一年目をなんとか無事に終えることができた。

# 小学二年生★イケメン先生に秘密あり

まだ肌寒い春休み。外で遊んでいた空《そら》が、俺の前に飛んで来た。彼は小学校に入って、身長が五センチ伸びた。車椅子に乗っているときの俺と、目線の高さが同じになった。よく育ってくれたものだ。それでもまだ手の力は弱い。そのため、こんなことがある。

「おとうさん、これ開けて」

ペットボトルのジュースを空は差し出した。

「これ、どうした？」

「つばさのお母さんがくれた」

「ちゃんと、ありがとうした？」

「したってば。うー。開かない」

空は口を使ったり叩いても、ふたは開かない。俺が健康なら簡単に開けてやれるのだが、それは出来ない。一瞬、ある方法を思いついた。

「空。キッチンから輪ゴムを何個か取っておいで。置いてあるところ、分かるだろ」

「わかるよ」

飛び跳ねるようにして空は輪ゴムを箱ごと持って来た。彼は、俺が魔法でも使うのかと目を見張った。あやしい笑顔をして見せた。

「三個の輪ゴムを、ペットボトルのキャップに巻きなさい」

はいと言って空は輪ゴムをキャップに巻き付けた。そして俺はペットボトルを膝の間にはさみ、右手で精いっぱいペットボトル押さえた。

「キャップを両手で回せ、空」

すると簡単にふたは回った。

「すごい。やったー」

空は大喜びしてジュースを飲んだ。内心、俺の方が安堵していた。ささやかな父親の威厳を保てた気がした。


桜のつぼみもふくらみ、なんとなく街中が華《はな》やいで見える。まだ小学校はあと数日、春休みが残っていた。空は毎日、午後から放課後キッズクラブに行っていた。それは校舎の一階にあり、体育館とくつ箱も近い教室にあった。児童数が多かったころの空き教室が使われている。この学校では、キッズクラブと呼ばれていた。近所の同級生たちといっしょに誘い合って通っていた。

今の空にはそれが嬉しくて仕方ないらしい。

季節ごとに盛りだくさんの遊びをしている。上の学年の子や、スタッフさんたちの中で楽しくやっているようだ。空にとっては想像以上のことが起こる居場所らしい。

夕方、講演会の仕事帰り電車の中で、妻の美樹《みき》からラインが来た。どうにか使える右手の指を携帯電話にねじ込んで開いてみると、仕事の打ち合わせが長引きそうだから保育園へ、とあった。三歳になった海《うみ》の迎えだ。小さく舌打ちした。

――こりゃ。

遅れられない。海はお迎えに遅刻すると数日、恐ろしいほど不機嫌になる。一歳までの静かに笑っていた彼は、どこかへ行ってしまった。無言の抗議はすさまじい。この頑固な性格は、自分にそっくりだった。さてどうするか？　穏便な方法ではうまくいくまい。

正直、もっと早く連絡が欲しかった。緊急対応に、とても車椅子の俺は弱い。

車椅子で電車に乗るときは、駅員さんに下車駅を伝えて乗らなければならない。降りる駅でサポートしてもらうためだ。手を借りなければ電動車椅子ではホームに降りられない。しかしもう車内にいた。降りる駅も告げている。保育園には、二つ前の駅で下車しなければならない。健常者なら自由に途中下車すればいいが、俺には超難題だった。また美樹から追伸が届いた。空はキッズクラブの時間を延長してもらったとあった。

たいてい車椅子は最後尾に乗せられる。不測の事態のときには車掌さんが助けてくれるのだろう。降りたい駅までまだ六駅ある。そして何とか窓越しに車掌さんを見つめて目を合わせようとしたが、まったく視線が合わない。車掌は乗客と目を合わせない訓練が出来ているらしい。

こうなったら何とかして伝えよう。列車が安定走行したところで、電動車椅子を蛇行させる動きで車掌室に近づいた。その異様さに車掌さんはドアを開けた。不審者や、テロリストではないと瞬時に判断したのだろう。実際に俺の心は駅員さんには申し訳ないくらい、よこしまなたくらみが渦巻いていた。スーツにネクタイ姿も怪しさを増している。

「お客さん。どうかされましたか？」

笑って車掌さんに、にじり寄った。こんなとき目立つ客でよかったと思う。

「すみません。母親が急病だと兄からラインがきて、途中下車したいんです。お願いします。虹《にじ》色《いろ》駅で降りたいです」

「わかりました。すぐに連絡いたします」

あわただしく車掌さんは指令センターに伝えてくれた。うそをついて悪いと思ったが、車椅子で保育園のお迎えでは信じてもらえまい。何はともあれ遅れずに保育園までたどり着き、海を悲しませなければそれでいい。いずれ死んだとき地獄で閻魔《えんま》大王に舌を抜かれても仕方がない。

あわただしく虹色駅で降ろしてもらい。保育園までノンストップで電動車椅子を走らせた。きわどくお迎えにすべりこんだ。心の中でほっとした。すると玄関で空をみてくれた先生と会った。その甲高い声が鼓膜《こまく》にささる。

「あら海ちゃんのお父さん。今日はスーツで決まっていますね。もう空くんは小学校には慣れたのかしら？」

「はい。おかげさまで来週から二年生です」

「早いわね」

そんな声を聞きつけて、海が室内から走ってきた。担当の先生も追いかけて海を抱き上げた。彼は早く車椅子の背中に乗りたいと騒いだ。

「どうしたの海くん。お帰りの準備しなくちゃだよ」

「海。ちゃんと先生のいうことききなさい」

それでも海は、先生の腕をすり抜けて電動車椅子の背中に素早く乗った。先生からリュックを受け取り、早く帰ろうと背中を叩いた。

「わかったよ。海。でも先生たちに、さようならをしないと」

先生たちが並んで、海のあいさつを待った。俺は後ろに回している左手で、海をつついて促した。左手はほとんど動かせない。だが全身を安定させるために背中で左手を固定しないとバランスが保てない。その手を握り、もじもじして海は背中に貼りついてきた。

「それじゃ今日は、お父さんが代わりに言います。先生、さようなら。また明日」

ふたりの先生も調子を合わせてくれた。海の頑固な性格を判っているのだろう。

「はい。さようなら。……うみちん。バイバイ」

急旋回して電動車椅子を発進させた。空の小学校までの最短距離を考えた。時間はぎりぎりだ。あたりは次第に薄暗くなり始めている。錯覚だが、電動車椅子のスピードが速くなっている気がした。いつもは通らない私鉄の線路をくぐる地下道を抜けることにした。その出口で人とぶつかりそうになった。

「あ。ごめんなさい」

瞬間、若い女性だと判った。

間一髪の車椅子操作で、女子高生と衝突せずにすんだ。彼女はイヤホンで音楽を聴きながら顔色一つ変えずに行ってしまった。こちらは頭を下げて先を急いだ。すると背中の海が、強く肩をひっぱってきた。

「おとうさん。ねえ」

「おしっこか？」

「どうして。……ごめんなさい、なの？」

「なに？」

振り返らずに返事をした。

「ごめんなさいは、わるいことしたら。……いうんだよ。バイキンマンみたいに」

その海の言葉にあせった。

「そ、そうだな」

「さっき、おとうさんは。……わるくないもん」

「うん。とうさん。悪くないよな。わるくなかった。あのお姉さんは音楽きいてたから、むこうが悪い」

心の中で冷汗をかいた。もし相手が可愛い女子高生じゃなかったら、謝るどころか当たったふりをして文句の一つも言って強談判《こわだんぱん》しただろう。この子も育ったものだ。海は納得いかないのか唇をとがらせ、また訊いてきた。しつこさは誰に似たのか。俺の中に、複雑な思いが頭をもたげていた。

「どうして?」

電動車椅子を走らせたまま考えあぐねた。苦しい言い訳をひねり出した。

「おとうさん。どいてくださいって言うのを間違えてさ。ごめんなさいって」

「ふーん」

――ほんと子育てって面倒くさいな。

暗くなった国道沿いを進みながら、海が言うのももっともだと思った。長年、車椅子に乗っているせいで、ついとっさのときに謝ってしまう。問題を起こしたくないという防御本能が働く。どこかで自分は世間の邪魔者だと思い続けている。そして障害者はいらない存在だとゆがんだ考えを持っていた。どんな障害もない方がいい。この国の悪しき因習が、自分の中にこびりついている。不自由な体で嫌《いや》な思いをしたことは数えきれない。うちの子どもたちが健康で本当によかったと思う。これは本心だ。

急いで校門に入り、春休みでもやっているキッズクラブに向かった。そのとき木の上から、空の声がした。海とふたりで声の主を探した。見上げると校舎の脇にあるスタジィの幹から張った太い枝の上に、空がちょこんと座っていた。けっこうな高さだ。

「おとうさーん」

「あ、おにいちゃんだ」

見上げると中庭の、けっこうな高さに空がいた。

「おい空。危ないだろ」

「平気だよ。いま夜の大冒険ごっこしてるの」

「降りるときは、ケガしないように。ゆっくりとな」

親は、木の上に立って子を見守るというが、これでは正反対だ。空も、海も、これから先の成長が思いやられる。

学校が始まった。

空たちは二年生になって後輩ができた。新一年生が入ってから二週間は集団登校だ。去年の空は、おにいさんおねえさんたちから一方的にお世話をされる立場だった。一年経って空がどのくらい成長したのか気になって、俺は尾行することにした。

なんと空は、いちばん小柄な男の子と手をつないでいた。尾行していると、すぐ翼《つばさ》ちゃんに気づかれた。彼女は嬉しそうに、空の耳にささやいていた。新六年生のリーダーはシークレットサービスそのものだ。

始業式が校庭で、北川《きたがわ》校長のあいさつから始まった。決め台詞は、去年と同じだ。

「一年生のみなさん。はい」

初々《ういうい》しい声が重なる。

「北川えいる校長先生」

見た目はサーファーのようだというラインが回ってきていた。担任の先生が若いイケメンというわさだけでママたちも、うきうきしていた。いつの間にかラインのグループは人数が増えて十三人になっていた。同級生は八十人ほど。子どもが心配な母親の割合は多い。

廊下から二年三組を見ると先客がいた。そっと教室をのぞき込んでいる。確か去年は隣のクラスだった寺戸《てらど》アヤさんのママだ。いっしょに俺も隙間から教室に視線を向けた。

うわさの先生が、自己紹介をしていた。ラフな赤いシャツが似合っていた。顔立ちもよく背も高い。絵に描いたようなイケメン青年だ。俺は同じ男として完敗だと思った。神様がいるのなら、ここまで差を付けなくてもという気持ちで頬をふくらませた。この先生はアイドルを目指しても通用したのではないか。見れば見るほどそう思えた。

「先生の名前は、相葉英明《あいばひであき》といいます。まだ先生になったばかりですが、みんなと一年間、明るくて仲のいいクラスにしていきたいと思います」

この学年で一番大人っぽいアヤさんが手を上げて言った。その口調はクラスでも秀でていた。

「相葉先生には、恋人はいるんですか?」

しょっぱなの質問に、先生は目を丸くした。みなが黄色い声を上げた。

「はい。静かに。……どっちだと思う? みんなで考えてみよう」

いる。いない。そんな声が飛びかった。ほかの二クラスは静まり返っていた。寺戸アヤさんのママが振り返りため息をついた。教室は、恋人論争で盛り上がっていた。俺は教室から離れて車椅子を後進させた。寺戸さんも肩を落としてついて来た。

「空くんのお父さん。なんだか心配ですね」

話したことがなくても、俺は知られていた。空の父親として認識されている。普通なら出会わない人と、学校では知り合う。

「平気ですよ。サーファー先生もいいじゃないですか。なんか楽しそうだし」

俺は、さしさわりのない答え方をした。

「でもうちのアヤ、まわりに影響されちゃうから。担任は、去年も今年もはずれだわ」

――はずれとかじゃないだろ。

わが子さえよければいいという母親のエゴはすさまじい。すぐ横の階段を北川校長が上がってきた。寺戸さんは一礼して無言のまま立ち去った。

「お母さん。ありがとうございます。またいらしてくださいね」

北川先生と目が合った。

「また、空がお世話になります」

「どう？　お父さん。相葉先生は」

「かっこいいですよね。なんか夏が似合う感じで、この学校にピッタリなのでは」

「お父さんって、うまいこと言ってくれるわね」

「本当にナイスガイじゃないですか。言い方、古いかな」

まわりに誰もいないのを見回した校長先生は、少し腰をかがめて近づいて来た。

「新採用の先生は、心配だっていう電話が朝から何人もいて」

「………」

返事のしようがなかった。子どもの担任は選べない。今年はサーファー先生だ。それが学校だろう。教師こそ生きた最大の教育環境なりと何かで読んだ。空には、どんな先生でもいい。いろんな人が社会にいることを学んでほしい。

「私ものぞいてくるわ。じゃまた」

「はい」

そっと北川校長先生は、騒がしい三組に入っていった。すると子どもの声が、ぴたりと静かになった。何を話しているのかは聞こえなかった。

——さすがだな。

ひとりエレベーターに乗り込む。親たちからのクレームの電話が想像できた。強い言葉遣いに違いない。

——校長がこんなに大変だって、知らなかった。

思わず本音がこみ上げてきた。

一階の廊下を、電動車椅子の速度を落として玄関へと向かった。この一年で学校の構造は判っていた。春の海でも校庭から見ようとすると、技術員の田宮聖子《たみやせいこ》さんに手招きされた。俺の時代は、用務員さんと呼ばれていた仕事を今では技術員というらしい。そして普段は不審者予防のために校門は固く閉ざされている。技術員室は校門の真正面にあり、いつのころからか校門に近づく俺を見つけると田宮聖子さんが駆けつけて助けてくれた。

「田宮さん。また新年度、息子も自分も、お世話になります」

今までに空が、苦手な牛乳を何度か吐いてしまったとき、オートセットで技術員さんが片付けてくれたと聞いていた。意味不明のオートセットとは、嘔吐《おうと》セットだと最近知った。バケツにモップや雑巾、子どものために無臭の消毒剤がセットしてあるらしい。

「空くんのパパ。あたし田宮って呼ばれるとイヤなの。ふたりのときは聖子ちゃんって呼んでよ。おないどしなんだからさ。お茶でも飲んでってって」

「あ、はい」

誘われるままにはじめて技術員室に入った。本物の嘔吐セットも見たかった。いろんな掃除道具や、大工道具がそろっていた。どこなのか嘔吐セットは見つからなかった。校内の清掃やちょっとした大工仕事など雑用を担っている。田宮さんは出入り口の引き戸を閉めた。なにやら話したいのが伝わってくる。

「PTA会長からいただいたお菓子、いっしょに食べましょうよ」

「あ。俺は、自分で食べられないから、いいです」

それは判っていると言いたげに、田宮さんはこちらを向いた。

「平気よ。ストローもあるし。あたしが口に入れてあげるから」

すぐにお茶と菓子が出てきた。ストローに口をつけると、田宮さんが横に来た。

「いただきます」

「ここだけの話。校長先生も大変みたいよ」

大きなせんべいを口に入れられ、うなずくしかなかった。

「……」

「もうこの仕事を十年以上してるけど。教師ってみんな自分なりの考えが強いからね。北川校長みたく、子どもたちのためになってなるとさ、不満を持つ先生もいるのよ」

やっと、せんべいをかみ砕いて返事した。学校の内情を垣間見《かいまみ》た気がした。

「そうなんですか」

――確かにどの先生もクセが強そうだもんな。

「若い先生が何かしでかしたって、全部校長の監督不行き届きってことにされちゃうのよ。……それに強い保護者さんも言いたい放題で、何度も電話してくるみたいだし」

田宮聖子さんの息子さんは以前、北川先生の教え子だったそうだ。それで校長の応援を陰ながらしているのだろう。人間社会は、いろんな人がからみあってよいも悪いも進んでいくのだろう。

それに田宮さんと俺は、同じ京都の生まれだと判り、ここにもつながりが出来てしまった。これで空が、また牛乳を吐いても問題にはされまい。

ひとしきり学校のうわさ話を聞いて、田宮さんにとってはストレス解消だったのかもしれない。だが俺にとっては、貴重な情報収集の場となった。これから校長先生と協力してやっていくうえで、この情報は役立つかもしれない。また田宮さんは何かのとき、きっと味方になってくれるだろう。帰り際に俺が京都流のあいさつをした。

「ほな、さいなら」

「また、おこしやす」

田宮さんは、にこにこしながら手をふってくれた。


うちの家族は寝るのが遅い。宵《よい》っ張《ぱ》りの朝寝坊だ。もう十一時を過ぎているのに、空も海も眠る気配がない。両親も夜型なので仕方ない。ふとカレンダーを見た。妻の発作には何か法則があるのか。俺は海を寝かしつけながら、空に相場先生のことを訊いた。

「新しい先生は、どんな感じ？」

「わかんない」

七歳の子に訊くのは野暮《やぼ》だった。妻の美樹はふたりにパジャマを着せ、電気を消した。海は着替える間に寝ていた。この子にも保育園は疲れるのだろう。

美樹は明日の準備をして横に来た。いつものように指をからませて眠りについた。なんとなく嫌な予感がしていた。それが当たったのは数時間後だ。腕に激痛が走った。いままでになく落雷に撃たれたようだった。引きちぎられ切断された感覚の右手を見ると、美樹の親指の爪が深く腕に食い込んでいた。さすがにうめき声をあげた。その痛みは脳天まで突き上げて来た。経験したことのない激しい痛みだった。叫ばずにはいられなかった。

「美樹！　痛いよ！　起きろってば」

お互いに鬼の形相《ぎょうそう》で起きた。腕から流れる血がシーツを赤く染めていた。美樹は我に返って、はらはらと泣き出した。あわてて傷口をタオルで押さえてくれた。

「ごめんなさい。……ごめんなさい」

「平気だよ。でも今夜のは激しかったな。……ふふ、ちと意味が違うけどさ」

無理やり笑ってみせた。子どもたちは寝相《ねぞう》が悪く、あらぬ方向で眠っていた。どんなにすさまじい美樹の発作でも耐えられる。この腕ですむのならそれでよかった。毎回、自分の腕でよかったと安堵する。彼女の目に涙があふれて止まらない。声をかみ殺して泣いた。本人の美樹が一番つらいに決まっている。彼女はかぼそい声で言った

「……あなた。もう無理よ。……私、どうしたらいいのか分からない」

「美樹が悪いわけじゃない。今度、防ぐ方法を考えるよ」

むしゃぶりつくように美樹は抱きついてきた。彼女の悪夢の原因が何なのか。治せるものなら治してやりたい。腕に巻いたタオルから鮮血がにじみ出てきた。なんとかしないといけない。精神の病なのか。この現象は何なんだ。頭の奥で相談相手を考えたが専門家は思い浮かばない。俺はまたカレンダーに目がいった。

――この発作には周期があるのか？

美樹の耳にキスをしたまま、カレンダーの日にちを数えた。前回から二十八日が経っている。確かその前も似たような間隔だった。ただの偶然なのか、それが判らない。

五月の連休明けに徒歩での遠足があった。学校から二キロほど離れた小さな植物園だった。子どもたちは写生道具とお弁当、おやつも持っている。わが子心配会は、俺ひとりだった。自由時間に、男子の転校生が物珍しげに話しかけてきた。はじめて会った四月は金髪にしていた頭がだいぶ伸びてまだらな色合いになっていた。大人ぶった話し方でもそれが可愛い。名前も星と書いて、ひかると読む。先生たちは苦労しているようだが、俺はこの子が好きだった。

「空のお父さんさ。足、ないの？」

俺の脳性マヒは厄介だ。専門医でも首をかしげるほどだ。長年、いろんな工夫をして正座をして車椅子に乗っている。そうしなければ右手の動きが悪くて、うまく操作できない。だから見た目には両足がないように見える。星《ひかる》には疑問だったのだろう。

「あるよ。ほら」

上半身を横に倒して座席の中の足を見せてやった。

「ほんとだ。……空も大人になったら、歩けなくなるのか？」

彼は親御さんから遺伝性の病気だと伝え聞いたのだろう。子どもの発想ではないと思った。

「何もなければ、そうはならないけど。……空も、きみも、誰だって交通事故に遭《あ》えば車椅子になるから気をつけないとね」

「ふーん」

おやつの時間になった。数人で班行動をしている空に、さりげなく近づいたが無視された。それをかわいそうだと思った女子の何人かが、お菓子を食べさせてくれた。翼ちゃんと寺戸アヤちゃんは、おとうさんにお菓子あげなさいと空を叱りに行った。ほほえましい光景を携帯電話で撮影して、わが子心配会のグループラインに発信した。


季節に一度ほどの旗振り当番が回ってくる。保護者が交代で、通学路に立つ。最近は少子化のせいで当番の頻度が増えているようだ。

いつもは妻が旗振りをしていたが、今日は早朝から下の子の海が熱を出し、はじめて俺は電動車椅子で旗振り当番をした。最も危険な場所は国道の横断歩道だ。子どもたちが通学してくる前の、七時三十分にはスタンバイする。車道の脇に車椅子を止めた。そして黄色い手旗を広げて信号が変わるまで子どもたちを行かせない。手持ちの旗には、「とまってくれてありがとう」と染め抜かれている。信号が変わるとバイクが車椅子のすぐ横を疾走していく。

——わお、怖え。

幹線道路だけあって車も多い。旗で子どもを静止して、早く信号が変われと祈りたくなる。

「あ、そらのおとうさん。おはようございます」

「はい。おはよ。立ち止まらないで。気をつけてね」

この子たちを事故に遭わせるわけにはいかない。あまりの緊張で、いつ空が通ったのか判らなかった。

最後の子どもが学校にむかった。これほど緊張するとは思わなかった。さて帰ろうかと思ったが、なんとなく電動車椅子を小学校へと進めた。

校門の手前で、美樹にラインをした。海の熱は下がったと返信が来た。そして玄関に近づくと言い争う声がした。静かに陰からのぞき見ると、去年は空の担任だった大野《おおの》先生が二年生から転校してきた星くんの、くつ箱の使い方を注意していた。乱暴に星くんはくつを投げた。彼はまだらな金髪の頭をかきむしった。

「これでいいじゃんか。くつ箱に入ってりゃさ」

「ダメです。やり直し」

「死んじゃうよ。朝からうるさく言われたら」

「こんなことで人間は死にません。もし星くんが死んだら、先生もいっしょに死んであげます」

「わかったよ。ていねいにやりゃいいんだろ」

仁王立ちの大野先生は、やはり本物の海兵隊軍曹に見えた。

そっと離れて海の臭いがする校庭の先、頑丈《がんじょう》なフェンス越しに穏やかな東京湾を見た。波はなく対岸の千葉がかすんでいた。電動車椅子をターンさせて校舎を見上げると、どの教室も朝の会をしていた。子どもたちが学校で学んでいる。こんなにも平和な光景はない。何事もない毎日の積み重ねに幸せを感じた。

校長室の扉のホワイトボートには『校内にいます』とあった。どうするか迷って車椅子を動かすと、職員室から教頭先生が出てきた。

「空くんのお父さん。どうかされました？　北川校長を校内放送で呼びましょうか？」

「いえ。あ、二年三組の一時間目は、なんの授業ですか？」

「わかりますよ。ちょっとお待ちください」

教頭先生は踵《きびす》を返して職員室に入った。とっさに訊いてしまい悪い気がした。ゆっくり電動車椅子で前進すると、教頭が出てきた。ノートを見て確認していた。

「お手数をかけて、すみません」

「えっと二年三組さんは。マット運動ですから体育館ですね」

「ありがとうございます」

深く礼をして職員室から離れた。玄関を出てピロティーから外を回るか、一階の廊下から体育館に入るか迷っていると、担任の相葉先生がやって来た。もう教師の仕事に慣れたのか、さっそうとしていた。知らなければ素敵なサーファーのお兄さんにしか見えない。

「空くんのお父さん。おはようございます！　これから体育なんです。よかったらご覧になってください」

「はい。見学させていただきます」

若さと健康が、うらやましかった。そのうえ相葉先生は、黒板に両手で字を書いてしまう。それを見たとき天は二物も三物も与えているのかと思った。授業中に教科書も持たない。頭に入っているようだ。今どきの先生だ。さっそうとしていた文句なしの立ち姿。ただ茶髪の前髪が目にかかっているのは先生として、どうかと思いはした。

――いいよな。

こんな俺とは大違いだ。高学年の女子たちにも人気があり、相葉先生を目当てに職員室へ入っていく女の子もいると田宮さんから聞いた。

体育館に行くと、まだ子どもたちだけだった。そして隅っこにいると面識のない女の子が寄って来た。その子はもじもじしながら話しかけてきた。

「空くんの、おとうさん。……あのね。私の虫を、空くんが殺したの」

突然のことに、言葉がすぐには出なかった。

「そっか。ごめんね。……空は乱暴だもんね」

「うん」

ここは息子の代わりに謝っておこう。

「今夜、ちゃんと叱っておくから。ゆるしてくれる？」

「それなら、いいです」

ようやく相葉先生が現れた。浜口幸《はまぐちさち》ちゃんと寺戸アヤちゃんが口をそろえて応援するように言った。翼ちゃんは不機嫌にそれを制した。

「相葉先生。遅いよ」

相葉先生の指示で、準備体操から始まった。そして丁寧にマットがしかれ、子どもたちはひとりずつ前転をした。ところが、なかなかうまく回れる子がいない。先生は少し苛立って赤白帽をかぶり、お手本を見せた。そのときマットに頭がふれた瞬間、相葉先生の頭がずれた。俺は目を見張った。何が起こったのかと視線が止まった。どっきりテレビか？　ほぼ同時に甲高い声の星くんが言った。

「先生。カツラ⁉」

「カツラじゃない！」

あわてて相葉先生はトイレに走った。ざわつきそうな子どもたちの前へとにかく電動車椅子で進み出た。なぜ飛び出したのか自分でも内心混乱していた。この場をおさめなければと前に出ていた。でも一体、何なんだ。ものすごい偶然に遭遇してしまった。

「はい。全員整列して。体育ずわりしてください。……こっちに注目」

思わず声が大きくなった。幸ちゃんが、はいと手を上げた。

「相葉先生は、どこに行ったんですか？」

「先生はおトイレです。いいから相葉先生が戻られるまで、俺の話を聞け！」

空は何が起こっているのか判らず、おとうさんが怒っていると勘違いして泣きそうになっていた。おかまいなしに、でまかせを芝居がかって、怪談をまねて話した。

「この中に、車椅子の障害者になりたい子はいないよね。ある国家機関が調査したデータによれば、小学校でも年間に全国で百人近くの子が障害者になっているそうです。それも体育の時間だそうです」

ええっ障害者になりたくないと、何人かの子が悲鳴に似た声を上げた。でたらめの作り話を信じてくれた。すると相葉先生が小走りに何事もなく戻って来た。すぐに俺は電動車椅子をターンさせ体育館から出た。

今、見てしまったものは何だ？　頭の奥が混乱しまくっていた。サーファー先生はカツラか？　あれは幻ではない。これはありのままを北川校長に伝えよう。いやもう校長先生は知っているのか？　首をかしげながら校長室の前に着いた。扉は全開になっていた。大きく深呼吸していると、事務仕事をしていた先生が気づいて立ち上がった。

「あら。空くんのお父さん。どうぞ入って、入って」

少し躊躇《ちゅうちょ》した。誰にだって人には知られたくない秘密がある。こんな障害者の俺だってある。相葉先生も例外ではない。それでも学校長には知らせた方がいい。いや。しかし頭の中は混乱していた。

「どうしたのお父さん。どうぞ」

「失礼、します」

校長先生は、冷蔵庫から麦茶をコップに入れた。喉が渇《かわ》ききっていて、そのコップのストローに吸い付いた。おいしい。頭の中で見てしまった光景を整理した。あれはカツラだ。いやウィッグというのか？

「お父さん。何かあった？　いつもと感じが違うけど」

図星を突かれて顔を上げた。

「あの。校長先生。ここだけの話って、してもいいですか？」

こちらの真顔を察した北川先生は廊下側の扉と、職員室に直通のドアも閉めた。

「これで誰にも聞かれませんよ」

俺は、もう一度深呼吸して落ち着いて話した。たった今見てきたことを校長先生にそのまま伝えた。

一瞬、校長先生の顔に疑いが見てとれた。あまりのことに戸惑っていた。

「こんなこと。校長先生に冗談では言えません。見なきゃよかったと思ってます。本当に、なぜ目撃してしまったのか。見学したことを後悔しています」

「…………」

校長先生も自分を落ち着かせているように見えた。学校内に、校長として知らないことがあるのは認められないのかも知れない。新人教師だから、やむを得ないことだと思うのだがそれでもショックを隠しきれない様子だった。

「自分からすれば相葉先生の頭の毛がない状態は、俺と同じ先天性の障害の一つだと思うんです。だったらそれを変に隠し立てしようとなどはせず、堂々と子どもたちの前で見せてやるべきなんです。そして言葉という武器を使って、頭に毛がないことはけして恥ずかしいことではないんだということを教師として教えてほしかった」

調子にのって俺は、思いの丈《たけ》をぶちまけてしまった。

「お父さんの言ってることはある意味正論だわ」

校長先生は、困った顔をしていた。

「相葉先生は見た目が普通だから難しいけど、バレたときのことを想定して、いつでも、これが自分なんだ何が悪い、文句あるか！　ぐらいの啖呵《たんか》を切る用意っていうか覚悟がないと」

「そうね」

ため息をつきながら校長先生はうなずいた。

「もし相葉先生がうちの子なら、しゃべり始めると同時に武器、誰でも打ち負かす、ぜったい負けない言葉の武器を持たせます。……これが俺だ。文句があるやつは前に出てこいや、とかね。……いじめられて泣くなんて許しません。もう一度、やり返しに行かせます」

熱く語る自分が不思議だった。

「……いずれにせよ。相葉先生が理由も言わず授業放棄して子どもたちを置き去りにしてしまったことは、教師としてあるまじきことです」

「いえ」

俺はうなずいた。相葉先生のことを語っているようで、実は自分自身を語っていたような気がしていた。興奮してしゃべりすぎてしまったことへの反省もあり頭を下げ校長室を後にした。

数日後のこと。電車から降りると同じクラスの、寺戸アヤさんのママが近づいて来た。今年も担任は〝はずれ〟だと言っていたお母さんだ。俺は駅員さんに誘導されて改札を出た。ついてきたママから話しかけられた。

「空くんのお父さん。うわさ聞きました？」

動揺した。相場先生の秘密がバレたのか？　そんなはずはない。妻の美樹にさえ打ち明けていない。北川校長がもらすことはあり得ない。

「もう、びっくりしたわ」

「ここんとこ講演の仕事が忙しくて。なんのうわさですか？」

「立ち話もなんだし。そこのスタバで、コーヒーでも飲みましょうよ」

ちょっと学校に立ち寄るつもりでいたが、この寺戸さんの話も気になった。まばらな店内で話した。万が一の展開にそなえて身構えた。

「知ってらっしゃいます？　二年一組の大野先生」

「去年は、空の担任でした。海兵隊の軍曹みたいに、きびきびしてて」

「来月の夏休みから、産休なんですって」

「さんきゅう？」

「赤ちゃんですよ」

寺戸さんは自分のお腹をふくらませるジェスチャーをした。

「ああ。よかったですね。大野先生がママになるのか。ふーん」

「一組のママさんたちはカンカンよ。計画性がないって。子どもがやっと慣れてきたのに、夏休みが開けたら、担任が変わるんですもの」

作り笑いをして、あいまいな返事をした。大野先生は、空の特性を入学当初から見抜いてしっかり軌道に乗せてくれた。感謝していた。何でもそうだろうが最初で決まる。空には、はじめての先生が大野先生でよかったと思う。するとアヤさんのママが思い出したように言った。

「そうそう。空くんのママ。今度、イラストの個展、やるんでしょ？」

「なんか、そうみたいですね」

「あのさ。ついでに訊いちゃうけど。どんなふうに、ふたりは知り合ったの？　教えてよ」

またそれかと少し頬をふくらませた。多少は名の知れたイラストレーターと重度障害者が夫婦になるまでのいきさつ。ママさんたちには、かっこうの噂話の種だ。できちゃった婚は前回使った。

——さて、どう言っておこうか。

「……ヒミツにしてもらえます？」

「もちろん」

「俺が全国各地の、妻の個展に通い詰めてですね。この車椅子でストーカーみたいに追いかけ回してたら、妻が根負けして……。家を突きとめて。大雨でも何でも毎日、バラの花束を持って」

照れくさそうにして見せた。寺戸さんは目を丸くした。

「あら、そうなの？　空くんのお父さん。よかったじゃない。いい人と結婚して」

「ですよね」

店を出る時、テイクアウトで注文した袋を車椅子ハンドルにかけてくれるよう寺戸さんのママに頼んだ。

「あら、奥さんへのおみやげ？　奥さんも幸せね」

「自分だけスタバしたことが、あとでバレると怒られるんで」

俺は、照れ隠しに言いわけをした。

「誰も言いつけたりなんかしないわよ」

「でも狭い町でしょ。誰が見てるかわからないし」

「そうね。浮気してると思われたら、それこそ大変だわ。女って怖いわよ。じゃ私は買い物があるんで、お先に」

そういう寺戸さんは車椅子に袋をかけてくれると、スタスタと早足で立ち去って行った。

買い物するという寺戸さんと別れて、電動車椅子で学校に向かった。校門に入ると、校舎の隙間に校長先生を見つけた。手には缶コーヒーのブラック無糖を持っていた。北川校長の度重なるストレスが伝わってくるようだった。

見つからないように校舎の壁、すれすれを進んだ。すぐに気づかれた。

「お父さん。隠れなくても」

「わいろを持ってきたから、御内密に」

くるっとターンしてスタバの袋を先生に近づけた。

「まあ、お父さんって気が利くわね」

「スタバのオリジナルブレンド。ブラック無糖です」

硬い表情だった校長先生の頬がゆるんだ。

「ありがとう。……本当はいけないんだけど、今日だけ御馳走《ごちそう》になります」

初夏の夕方。学校は静かだった。先生はおいしそうにコーヒーを飲んだ。

「うーん。おいしい」

「よかったです」

校長先生は夕陽を見ながら、つぶやくように話し始めた。

「ひとり言だから気にしないでね」

「はい。あ、いえ」

「こないだ、真剣に悩んで考え抜いて、相葉先生と話したの。そしたら、子どもたちにはバレてないからいいんじゃないかって」

「……………」

「それに次年度は、ふるさとの教員採用試験を受けて、帰るからって」

スカートをきっちり整えた校長先生は壁にもたれてしゃがんだ。

——そうなんだ。

「教師も、自由なのはいいけれど。なんだか腑《ふ》に落ちなくてね。……私はもう時代遅れの教師なのかも知れないわ」

黙って聞いていた。北川校長も聞いてほしいだけなのだろうと判った。夕陽が、海と陸の間に近づいていた。


夜遅くゴーストライターの原稿を書いていると、美樹が絵の具のついた手を洗い、夜食のおにぎりを作ってくれた。

「パパ。ちょっと休憩したら」

「そうだね」

いただきますと言う前に、おにぎりを口に放り込まれた。夫婦になって七年が過ぎていた。煮物とおにぎりは、美樹の味が最高においしい。

「今日、帰りに、空と同じクラスの寺戸さんっていうママに呼び止められてさ。また訊かれて」

「なんて答えたの？」

「俺が、車椅子でストーカーして、バラの花束を毎日持ってさ。雨の日も風の日も」

「それで私が根負けしたの？」

「そう。よく分かるじゃん」

美樹は笑って、自分の指についた御飯つぶを食べた。

「それって。パパの小説に出てくるシーンじゃない」

「え。そうだっけ」

「学校のママたちはうわさ好きなんだから。あんまりウソついちゃ」

――でも本当のことは言えないじゃん。

「そうだね」

残りのおにぎりが口に飛び込んできた。とても平和な夜だった。

その後、相葉先生は秋の運動会でも大活躍し、クラスの子どもたちには勉強以外のことでも一生懸命かかわってくれた。ふるさとの教員採用試験に無事合格し、来年の三月いっぱいで海の浜小学校を退職するという噂が流れたとき、女子たちにとっては大ショックだったらしい。三学期の修了式が終わったあと、ほかの学年の女の子までが相葉先生にプレゼントを渡していたという。

こうして相葉先生は、多くの生徒たちから惜しまれつつ海の浜小学校を去っていった。

## 小学三年生★月を救うのは誰だ

春になり新学年が始まっていた。空《そら》も小学校に入って三年目だ。また何をしでかすか判らない。同じクラスの子どもたちは、顔見知りも多かった。担任は、赴任して二年目の女の先生だ。

この子らの成長ということなのか、学年が上がるたびに問題がややこしくなっている。空が育っていくのは嬉しくもあり、ため息の数も増えていく。担任の松本《まつもと》先生とは、なかなか話すチャンスがなく、ひと月が経っていた。

冬と違い、春は保育園の送迎も楽だ。海《うみ》は車椅子の背中で立っていた。身長もこの一年で三センチ伸びた。そして家の近所で北川《きたがわ》校長と、ばったり会った。

「あら、お父さん」

「先生。また同時多発事件ですか？」

「ううん」

電動車椅子の背中に乗っている海は、先生の声に驚いて俺の背中にしがみついてきた。北川校長はおどけて海に顔を近づけた。彼はどうしたらいいのかと、何かを考えているのが伝わってきた。

「ほら。北川えいる校長先生だよ。こんにちはしなきゃ。あと二年したら小学校に行くんでしょ。お兄ちゃんと、いっしょに」

「空くんの弟さんね。私は、北川えいる校長先生です。お名前は何ですか？　おうちは、どのへんなのかな？」

「おい。お名前は、なんだっけ？　おとうさんが先生に教えちゃうぞ」

もじもじした海は何も言えずリュックから、連絡帳と鉛筆を取り出した。彼はそこに何かを描いた。海は、ノートを一枚破り、彼なりに家までの地図を書いて、そっと校長先生に差し出した。そして蚊《か》の鳴くような小さな声で言った。

「ここが、おうち、です」

「まあ私に、今、描いてくれたの。ありがと。……あと二年したら、海の浜小学校で待っていますからね」

照れくさそうに海は、俺の背中に隠れた。北川校長は、その地図を大切そうにカバンにしまった。これが海と校長先生の初対面だった。

海は四歳になった。彼の頑固さと自我の目覚めはすさまじい。嫌《いや》となったらテコでも動かず言うことを聞かなかった。小学三年になった兄の空とおもちゃを取り合い、負けても海は泣かない。俺の背中に隠れて肩を震わせるだけだ。この先が末恐ろしい。

けさも保育園に行くのをいやがり、妻は困り果て、仕方なく個展の準備に出かけることにした。

「海。お母さん夕方には帰るから。パパの言うこときいてね」

「パパじゃないもん。おとうさんだもん」

「そうやって海は、へりくつばかり言って」

ふたりの対等な会話に笑ってしまった。妻の美樹《みき》が、こちらを向いた。

「また中田《なかた》さんに、海のこと甘えていいのかな」

「いいんじゃない。それこそホームヘルパーさんなんだから」

「じゃお願いね。パパ」

時計を見て、美樹は急いで出かけていった。すると海は、おもちゃ箱を引っ張り出して楽しそうに広げた。兄貴が学校に行っている不在の間は取り合いにもならず、おもちゃで好きなだけ遊べる。彼が保育園に行かなかったのも、これが目的だったのだろう。わが子ながら知能犯だ。

今年の梅雨《つゆ》は早く終わり、さわやかな初夏になった。

お昼は中田さんが、海が大好物のホットケーキを焼いてくれた。多めにシロップをかけてくれる中田さんに、教えてもいないのに海はお礼を言った。わがままの一つも口にしない。正座をして手を合わせ、いただきますをした。当然、中田さんは海をべたぼめした。

「あら海ちゃん。えらいわね」

「ほいくえんでもするよ」

「そう。もう一枚焼いてくるわね」

「はい」

もうすぐお孫さんが産まれる中田さんは、海の様子に数年後の楽しい未来を見ているのだろう。笑いながら食べさせてもらっていると、ちゃぶ台の上で携帯電話が鳴った。小学校からだった。俺はホットケーキが喉に詰りそうになった。

「ぼくがでる」

「海。学校からだから、おとうさんの耳にあてて」

「わかってるもん」

中田さんは、海の素早い動きに目を見張っていた。わが家では携帯電話の持ち方は、幼い彼が一番うまい。学校からの電話は、空が何かしたに違いない。

「はい。西崎《にしざき》空の父です」

「海の浜小学校の、教頭です」

「また空に何か？」

すぐに海は心得ていてスピーカーフォンにした。

――おいおい、こいつ本当に四歳か？

「まずお父さん。空くんは。命におよぶケガではありませんが」

「はい」

喉がごくりと鳴った。頭の奥が白くなっていく。

「空くんが朝礼台から落ちて、右手の骨にヒビが入ったようです。北川校長の判断で、頭を打っているといけないので、いま救急病院です」

「よかった。ありがとうございます。お手数をかけて、すみません」

――まったくあの野郎。

「それで、空くんの保険証が」

「すぐ持っていきます。北共済病院ですよね」

「そうです。でも大丈夫ですか？」

「今、ホームヘルパーさんに来てもらってますから、すぐに向かいます」

「それなら、よかったです」

教頭先生は安心した声になった。俺は中田さんを見上げた。携帯電話のスピーカーフォンで内容は伝わっていた。そわそわして中田さんも心配そうだった。自分の顔が強張《こわば》っているのが判る。

「そういうことなので中田さん。冷蔵庫にかかってる袋の保険証を取っていただきたいのと、海の着替えをお願いします。いっしょに連れて行くので」

「空ちゃん。かわいそうに。……西崎さんも上着を変えましょうよ。そんな長袖じゃ汗かくし。今日、外は蒸し暑いから半袖シャツに着替えましょう」

内心、慌てた。腕の傷を見られたらまずい。最近の障害者への福祉は過保護なほど手厚い。ホームヘルパーの事業所に、俺の身体の異変を報告されたくない。一瞬、妄想が頭の奥でふくらんだ。もしかしたら妻が、美樹が障害者虐待で逮捕されるのではないか？　いや、そうはならないにしても何かと訊かれても答えようがない。ここはごまかそう。

「いや。この上着のままでいいです。……実は、この右腕は世間様に見せられないんです。どうしても」

任侠映画をまねて言った。

「え？」

理解できない中田さんは目をぱちくりした。俺は笑いを我慢するのに必死だった。

「うーん。むかし若気の至りで、いきがって。ちょっと彫り物を」

「そ。……それなら着替えなくてもいいわね」

中田さんは聞かなかったかのように、いやがる海を急いで着替えさせてくれた。脳性マヒ者の腕に、まさかのタトゥーなんて申し訳ないウソをついてしまった。障害者が子どもの緊急事態に、真顔でウソを言うはずがない。そう思わせてしまった。

——ごめんなさい中田さん。

この腕の傷は、誰にも絶対に見せられない。俺は福祉というセーフティーネットで何重にも守られている。いい国だが、こんなときには面倒だ。

お尻と膝でいざって進み、縁側に急いだ。あわてていて敷居で足首をひねった。痛みに顔がゆがんだが行くしかない。中田さんに電動車椅子へと乗せてもらうと、すかさず海はその背中に飛び乗って来た。彼は嬉しそうに準備万端だった。初夏の陽ざしがまぶしかった。

「私は中を戸締りして、玄関から出ますから」

「はい。お願いします」

電動車椅子を高速モードにして玄関まで回り込んだ。すぐに中田さんも出てきた。

「空くんの骨折のこと、ヘルパー事務所には伝えておくわね」

「はい」

「それじゃ病院まで気をつけて」

「じゃ」

車椅子をスタートさせると、海は中田さんに手を振った。近道を考えながら、空の泣き顔が脳裏に浮かんだ。おっちょこちょいは治っていないようだ。それでも痛みを代われるものなら代わってやりたかった。体の障害は自分だけでいい。ふたりとも大切な息子だ。

「海。おとうさん車椅子の運転でかけられないから。ケータイ、おかあさんに頼むよ」

「うん」

「0を押して、かけるボタンだぞ」

「わかってるもん！」

すぐに海は、美樹と話し始めた。

「おかあさん、あのね」

電動車椅子を走らせながら、背中に向けて大声で話した。

「空のやつが学校で手を骨折して、いま北共済に向かってるんだ。美樹、聞こえたか？」

「……うん。うん。わかった。おかあさんが、すぐ帰るって」

「そっか。海、ありがとな」

北共済病院までは、駅で二つ分ある。あと三十分近くかかりそうだ。電動車椅子は高速モードとはいえ、時速六キロと法律で決められていた。大人の早歩きぐらいの速さだ。最初から介護タクシーを呼んで病院に駆けつけてやればよかったと後悔した。

まともな稼ぎが俺にあれば迷わずタクシーを使っていたのに、こんなとき現実の厳しさが気持ちを沈ませる。

病院に車椅子はよく似合う。だが背中に幼児を乗せている人はいない。そして救命センターに行くと、空がソファーでうなだれていた。右腕をギプスで固められ養護教諭の日野《ひの》先生と並んでいた。海が電動車椅子から飛び降りて、空に駆け寄りギプスをそっと撫でた。

「にいちゃん。いたい？」

「…………」

空は俺を見上げた。目には涙があふれていた。叱られると思っているのだろう。立ち上がった日野先生に深々《ふかぶか》と頭を下げた。

「先生。すみません」

「いいえ。空くん。痛いのに我慢して、えらかったですよ」

日野先生は、空を気遣いながら事故の経緯を説明してくれた。休み時間に彼は、朝礼台に上がり、そこへ同級生たちが殺到した。何人もが朝礼台に上がり、空は右手から地面に落ちた。頭を打った可能性から、北川校長は迷わず救急車を呼んだという。彼の右手のギプスは二週間ほどで取れるらしい。

　そこへ髪を振り乱し、息を切らした美樹が駆けつけた。片手で海を抱き上げ、空の頭を抱いた。

日野先生は一歩下がってうなずいていた。すると南米系のモデルのような女の子が、どうしたんですか空くん、と先生に流暢《りゅうちょう》な日本語で話しかけていた。日野先生は簡単な説明をしていた。年上に見えるが同級生らしい。カモシカのような脚と、かしこそうな顔立ちをしていた。いっしょにいるお母さんも美人だった。俺は、泣きべそをかいている空に小声で訊いた。

「あの子は、誰？」

「フィさん」

「同じクラスの子？」

「ううん。となりのクラス」

「どうしたんだろうね」

　空が首をかしげていると、日野先生が小さな声で教えてくれた。

「成長痛らしいですよ。何しろ脚がスラッと伸びてるから、きっと脚の成長に体全体のバランスが追いつかなくなったんだと思います」

　痛み止めが効いてきたのか、空は彼女について話してくれた。フィさんは運動能力抜群で学力も漢字以外は、ほぼ満点を取っているという。誰に対しても、やさしくしているそうだ。こちらを向いたフィさんは空に小さく手を振り帰っていった。

学校の正門から校長室まで電動車椅子を止めずに直進した。北川先生が怖い顔で立ち上がった。並んで担任の松本先生もいた。そして校長が早口に言った。

「お父さん。このたびはこちらの」

「あ、校長先生。やめてください。うちのバカ息子がすべて悪いんですから」

担任の松本先生が、手を合わせるようにして言った。妻と同じ年ごろの彼女は、くせなのか何かにつけて口の前で手を合わせて話す。ふしぎな先生だといつも思う。

「空さんの具合は？」

「大丈夫です。お医者さんの話によると、右手の骨にヒビが入っているだけで、週明けから登校して構わないとのことでした。日野先生にも同席していただいたので、心強くて助かりました」

心底、北川校長は安堵していた。

「それはよかった」

「ほかの子たちは、何もなく？」

また松本先生が手を合わせて言った。

「空くんが落ちたのにみんな驚いて、ほかの子は朝礼台から落ちずにすんだんです」

お昼休み。ふざけて空は朝礼台に上がり、この指止まれと叫んだという。そして百万円やると声を張り上げた。すると近くにいた数人が朝礼台に駆け上がり、その勢いに押されて、空は地面に落ちたという顛末《てんまつ》だ。校長は怖い顔になって言った。

「しっかり子どもたちには、二度とこういうことがないようにと注意しました」

とにかく俺は先生方に詫《わ》びて、詫びたおして家に帰った。子育ては本当にめまいがすることばかりだ。

土曜には、わが子心配会の親子たちがお見舞いにやって来た。なにやら宴会のようになってしまい。新しく担任となった松本先生に関する噂やら、例によってわが子心配会の情報交換の場となり、子育ての苦労から旦那への不満にまで話に花が咲き大盛り上がりした。空は親友の波晴《なみはる》くんとカードゲームをして、腕の痛さも忘れたように楽しく遊んでいた。そこに翼ちゃんも楽しそうに加わっていた。一見、男の子が三人いるように見えた。

広い古民家もうらやましがられた。そして週が明けて、空の送迎は電動車椅子ですることになった。彼は車椅子の背中に乗るのがとてもうまい。

まずは空を保健室に連れて行った。日野先生は、空の腕を吊っている三角巾《さんかくきん》やギプスの位置を確認した。

「これでいいわね。でも空くん。この手をぶつけないようにね」

「はい。日野先生」

空が保健室を出ようとしたとき、波晴と幸《さち》ちゃんたち数人が小柄な男の子を連れて来た。右手に包帯をしてやってきたから、また骨折かと思ったら少し様子が違う。少年は上目遣いに震えておびえていた。いや何となく隠し事をしているのが判った。幸ちゃんが言った。

「日野先生。るなくんの手の包帯がはずれちゃって。私がなおそうとしましたが、できなくて」

「そう、ありがとう。あとは先生が見ますから、みんなは教室に戻りましょう。みんな、ありがとう」

「ハーイ」

子どもたちは日野先生と、空を囲むようにして廊下に出た。残された俺の前で慌てる月《るな》くんは、自分で包帯を急いでなおそうとしたがスルッと取れてしまった。白い包帯がすべて外れてしまい床に落ちた。そのとき包帯に隠されていた彼の手首から上が露わになり、この目に飛び込んできた。瞬間、俺は愕然《がくぜん》となった。その月くんのかぼそい腕には痛々しい傷跡もあり、青あざになっていた。

——これは何度も繰り返しされているな。

思わず眼をそむけた。わっと声が出そうなのを何とか押し殺した。月くんは俺に見られたことにおびえ、急いで腕を半袖シャツの中に隠した。

廊下にいた日野先生は、それを見ていない。すぐに戻って来た先生に伝えようにも方法がない。

メモを書いて渡すことも出来ない。月くんはTシャツの中に右手を隠してしまった。もどかしさに俺の顔はゆがんだ。これは厄介だ。いったいこの子に、何があったんだ。日野先生は月くんの腕を診ようとしたが、彼はかたくなに右腕をかかえて隠した。

「どうしたの？　るなくん。先生は包帯を巻いてあげるだけよ」

「いいです。このままで」

日野先生は何かを感じたのか、月くんと目を合わせてしゃがんだ。

「先生は、るなくんの包帯を元通りにしたいだけです。そのままじゃ、お勉強もやりにくいわよ。それに給食も食べにくいし。……だから、その手を出して」

タイミングを見て俺はつぶやいた。小さな声から、思わず大声で言った。複雑な感情が入り混じり、呼吸が荒くなっていた。

「あの日野先生。あの。……俺の、いや私の右手の長袖をまくってもらえますか。……見ていただければ、わかりますから」

「え？」

当然だ。先生は訳が判らないという顔をした。日野先生、察してください。事は複雑なんです。

そう心の中で叫んだ
「お願いします。とにかく先生。この手をまくってください」

突き出した右腕をまくってくれた。そして日野先生は息をのんで驚いていた。そして月くんにその腕を近づけて見せた。

「ほら。きみのと似てるだろう。見てごらん」

腕の傷に彼は手を伸ばして、そっとさわった。

「空くんのおとうさんも……」

言葉の最後は聞き取れなかった。

「うん？　おじさんはママみたいな人に、たまにガリっとされる」

どうしたものかと日野先生は、さすがに言葉を失っていた。俺は、早く腕の袖を伸ばしてほしかった。電動車椅子を近づけて見つめると、急いで日野先生は袖を戻してくれた。

「空くんのおとうさん。ぼくの手のこと」

「ナイショにするよ。お互い内緒にしよう。月くん。でもね。日野先生と、北川えいる校長先生にはその手のこと、お話した方がいいと思うよ。だって先生だから。きみのことを大切に考えてくれるからさ」

「……でも」

月くんを、日野先生はしゃがんで見上げた。彼はおびえて体を固くした。

「るなくん。手の包帯を巻いてあげるわ。ただそれだけ」

「……はい」

彼はTシャツの中からそっと右手を出した。痛々しい傷と青あざがあらわになった。素早く日野先生は包帯を巻きなおした。そこへ北川校長が駆け込んで来た。保健室には何か緊急事態を知らせるボタンがあるようだ。すると校長先生に耳打ちされた。このあと校長室に来てほしいと告げられた。そうなるよなと自分の腕を出したことを後悔した。しかしもう遅い。この腕のことを話すしかない。

——どうして俺、ここにいたんだろう。

ため息をつきながら、ゆっくりと校長室に入ると、日野先生も小走りにやって来た。北川校長から膝詰めで訊かれた。先生の顔は真剣そのものだった。傷を見ていない校長先生が、一段と詰め寄ってきた。テレビドラマで観る刑事よりも怖かった。

「お父さん。彼の手の傷はどんな？」

「あの傷は間違いなく。繰り返し強く押されているか、何度も叩かれている感じです。あくまで想像ですが、簡単にはあんな傷にはならないと思います」

「そんな、まだ三年生なのに」

前のめりだった日野先生は辛そうに言った。また校長から強い声が飛んで来た。

「なぜ、そう言い切れるの？」

「俺の腕と似ているからです。見てください」

目くばせすると、日野先生が右腕の長袖をめくってくれた。校長は目を見張った。

「誰が、こんなにひどいことを」

「うちは妻です。夜中に、たまに発作を起こして、かきむしられます」

ふたりの先生は沈黙した。俺は平静をよそおい軽い口調で続けた。

「妻の場合は、結婚した当初から。たまに悪夢を見ているようで、手をつないで寝ていて。何の予告もなく、がりっと。うーん。そう月に一度ぐらい、かな」

北川校長が重い口を開いた。日野先生は鎮痛な顔をしていた。

「その原因は？」

「調べたいんですが、なかなか知り合いに専門家がいなくて」

話は月くんのことに戻った。先生たちにとって、児童虐待は最重要問題らしい。これは学校だけではすまないと言われた。校長先生から月くんについて厳重に口止めされた。ぜったいに口外しないよう強く念を押された。それほど学校では大きな問題のようだ。

いったん家に帰ろうと学校を出たが、月くんの手の傷が脳裏に焼きついていた。彼はなぜ傷つけられているのか？　いっしょに月くんも入学したはずなのに覚えがない。彼は、空と同じ学年だ。空のクラスにはちょくちょく顔を出していた。だが月くんのことは覚えていない。空とは別のクラスだったのか、それとも同じクラスでも小柄で目立たない子だったのか？　ずっとクラスが違っていたのかも判らない。おそらく声も荒げないおとなしい子だろう。

——俺、探偵しよ。

無理でも調べずにはいられなかった。妻の悪夢の原因究明にもつながっているかも知れない。いや関連はなくても、このままでは月くんがかわいそうだ。そう思うと電動車椅子を走らせていた。それには、わが子心配会のネットワークが役立つはずだ。まずは空と親友の波晴の家に向かった。商売柄、気さくな人で話を聞きやすい。

彼の家の八百屋は、商店街の大通りの外れにあった。波晴のママは道行く人びとに声をかけていた。車椅子の俺は目立つのですぐに見つかり、声をかけられた。

「あら西崎さん。今日はお母さんの代わりにお買い物？　おいしいカボチャあるわよ」

俺は、美樹から何も頼まれてなかったが、ただでは情報も聞き出しにくいと思い、とりあえず日持ちのしそうなものを物色すると、空と海が好物のサツマイモが安かった。

「じゃ、そこのサツマイモを一皿ください」

お金を取ってもらうと案の定、波晴のママとは学校話題になった。それとこの商店街に来て、ふたりのお巡りさんがいることが気になった。

「なんか今日。お巡りさん多いね」

「隣の魚屋さんの話じゃ、子どもを叩く不審者がいるとかで。怖いわね」

「そうなんだ」

「ところで担任の先生は、どう？　同じ三組よね」

「松本先生とは、あんまりお話ししたことがなくて」

「私と同じ年ぐらいの先生よね。去年、うちの上の子も担任してもらったけど、てきぱきしてなくて何かじれったい感じの先生でしょ」

「どうなんでしょう。……それと、るなくんのこと御存知ですか？　うちの空が、彼の色鉛筆を折っちゃったから、おわびしたくて」

「るっくんちは、この先の市営団地よ。それがね」

家族はお母さんと、その実母の三人暮らし。一年ほど前、月くんの両親は離婚して、るっくんママの実家に住むようになったらしい。ところが、おばあちゃんは娘の結婚に大反対だった。いっしょに暮らすようになり、おばあちゃんとの関係はなおさら悪いと団地でも噂だという。そのなかで月くんも前より元気がなく笑顔も見ないと言う。そして小声で話を続けた。

「おばあちゃんが何かにつけて、奥さんを責めるらしいのよ」

「何をですか？」

「なんか。悪い所も見た目も、るっくんが別れた御主人にそっくりそのままだって。奥さん泣いてたわよ。似てるのは当たり前よね。るっくんの父親なんだから」

それではお母さんも辛いだろう。月くんもたまらないだろうと思った。

「あれなのかな。おばあちゃんは、るなくんに手を出したりとかは」

「どうかしらね。そこまでは私も」

ついでに子どもたちが好きな果物も買った。車椅子探偵の隠密捜査は行き詰まった。きっと空たち同級生に聞いても、小学三年生では難しいだろう。いや、いる。あの子ならと、おしゃまな浜口幸《はまぐちさち》さんの顔が浮かんだ。


翌日の放課後。空を電動車椅子に乗せた。あの子がいるであろう広場に行った。空を、波晴のいる砂場で降した。そしてさりげなく、浜口幸さんに車椅子で近づいた。

「幸さん。いつも空がお世話になります」

「なにか、私に御用ですか？」

「ううん。……あ。そういえば最近、るなくんって元気ないですね」

「そうなの。私、気にして何回もきいたら。おばあちゃんとママのケンカがすごいみたい。あとね。パパが会いたがってるって」

「それで、どうしたのかな？」

「知らないわ」

「あとさ。るなくんは、いつもどのへんで遊んでるのかな？」

「うーん。団地の公園じゃないかしら」

やはりこの子はすごい。入学当時からそう思っていた。砂場で遊んでいる空と波晴くんを遠くに見ながら、歪んだ指で携帯電話をつまみ出した。2を押すと海の浜小学校につながる。校長先生に、明日の朝行きますと伝言してもらった。それから市営団地へと向かった。

古い市営団地の真ん中にある遊具公園を見回すと、月くんがいた。電動車椅子で近づくと、彼はこちらを見た。蒸し暑い日なのにお互いに長袖シャツを着ていた。

「るなくん。こんちは。おんなじ長袖だね」

月くんは一瞬戸惑ってから近づいてきた。顔を上げて小さな声で言った。

「あの。空くんのおとうさん……」

「わかるよ。いいよ。乗せてあげる」

「ほんと！」

車椅子の背中に月くんを乗せた。どんな子だって、空を見ていれば電動車椅子に乗ってみたいだろう。団地の周りを走ると、彼は喜んだ。その体は、空より軽く小ぶりだった。尋《たず》ねたいことはたくさんあるが、どうしてなのか訊けなかった。背中に感じるかぼそさですべてが判ったような気がした。この子に罪はない。

――いったい俺たち大人は何やってるんだ！

車椅子の速度を上げてやると月くんはバンザイをした。こんなこともしてやれない自分が、なんとも情けなく胸の奥がちくちくと傷んだ。そして歪んだ指で名刺を出して、月くんに差し出した。気休めしか俺にはできない。個人情報で学校からは何も聞けない。

「るっくん。あげるからなくさないで持ってて」

「なに？」

「おじさんの電話番号が書いてあるから。いつでも何か困ったら、かけて。いつでも待ってるから」

「わかった」

「あと。ぜったいに忘れないで」

どんなことがあっても自分を大切にすること。もし何かあったら校長先生や、保健の日野先生に話すこと。みんなが君を、とっても大切に思っていることを伝えた。

その日の夕食は、イオンのフードコートにした。うどん屋、中華、ハンバーガー屋にアイスクリーム店などがL字に並んでいる。そして四人掛けのテーブルが三十ほどある。この時間は老若男女で騒がしい。

子どもたちは、フライドポテトに醤油ラーメンという不思議な組み合わせが大好物だった。とくに空はラーメンの残った汁にポテトをひたして嬉しそうに食べる。

「空。それ本当においしいのか？」

「うん。おいしいおいよ」

妻の美樹も、うどんとたい焼きを並べて食べながら満足していた。俺が餃子屋を見ていると美樹に訊かれた。

「パパ。ギョウザ食べたいなら買ってこようか」

「いや。餃子を焼く店員さんたちの手順が、うまいことシステム化されてるなと思ってさ」

本当は違った。月くんのお母さんがパートで働いていると、わが子心配会のネットワークから情報を得ていた。たぶんあの人だろうと当たりをつけたが、どう見ても普通のママにしか見えない。それでも悩みは深いのか？　すると月くんのママに、カウンター越しに男が話しかけた。年のころは三十代に見える。色白で人相はよくない。月くんのママは男に、素早く封筒を渡した。お金だろうと判った。

――なんだ。

ふたりの関係はいろいろ想像してしまうが、これ以上の詮索《せんさく》はやめておこう。

妻の横顔をまじまじと見てしまった。美樹もいいお母さんに見える。だが今夜も悪夢の発作が起きるかもしれない。やはり心に秘密が隠されているに違いない。月くんのママも人知れず問題を抱えているのだろうか。隣の美樹を見たまま、俺は首をかしげた。

「なに？」

「うん。いや。たい焼き、少しちょうだい」

あんの甘さが口に広がった。しかし現実は複雑で甘くない。月くんは子どもなのに、あの痛みに耐えているのか。何とかしてやりたかった。

「空。あしたまで、おとうさんが学校に送っていくからな」

「いいな。おにいちゃんばっかり」

ふくれっつらの海ににらまれた。こんなわが家も見た目には平穏そのものだ。ふたりの元気な子ども。妻はイラストレーター。夫は車椅子でも、おだやかで問題などない家族だと思われている。けれどこの腕の傷は見せられない。月くんはどうなるかと思いをはせた。

翌日の朝。俺は約束通り空といっしょに学校へと向かった。海の浜小学校には他の保護者より多く顔を出しているが、午後のことが多くこうして朝、息子といっしょに登校するのは眠い。何しろ俺は典型的な夜型人間なので、登校時間までに支度《したく》をすませるというのは正直言ってしんどい。空は背中に乗って楽しそうだ。それでも月くんのことが気になった。

「ねえ空。るなくんて勉強できるの？」

「え？　るなは、いつも算数は百点だよ」

「そうなんだ」

「なんかね。１００点とると、おとうさんに会えるんだって」

「ほんとかよ。ありがと。空くん」

灯台下暗しだった。確かな情報源は身近にいた。

空を教室まで連れて行き、さりげなく月くんを探したがいなかった。そこから校庭を見ると、遠くに月くんがいた。急いでエレベーターで降りた。

近づくと月くんが振り向いた。

「るっくん。おはよう。海の向こうに見えるのは、千葉県なんだよ。久里浜からフェリーも出てるし。……ここからの風景って、きれいだよね。……それとまた、これに乗せてあげるからね」

「うん。きのうは楽しかったよ」

「そう。よかった」

「空くんのおとうさん」

「どうした？」

そのとき始業のチャイムが鳴った。いいやと言って月くんは駆け出した。

――もう少しで話が聞けたのに。

くそっと青い空を見上げた。きのうと今日の情報を北川校長に伝えよう。真実は判らないが、月くんが置かれている環境は何となく見えてきた。

校舎に戻ると校長室の窓に、保護者らしき人影が見えた。また俺はエレベーターに乗って空のクラスをのぞいてみた。なんだか騒がしい。授業を半分の子は聞いていない。空と月くんは机を並べていた。空はほかの子としゃべり、月くんは黒板を見てノートに書きこんでいた。松本先生はまだこの学校に赴任して二年目で、いかにも大人しそうな感じだから、まだ生徒たちのことを統率できない。軍曹みたいな大野先生とは正反対のタイプだ。だからママさんたちの評判もよくない。松本先生なりに試行錯誤しながらさまざまな壁にぶつかって、それを乗り越えていく。教師も修行に思えた。

――松本先生、がんばって。

電動車椅子を後進されると、教頭先生が教室に入って行った。一瞬にして三年三組は静まり返った。さすが教頭だ。注意する声が廊下まで聞こえた。

校長室の前まで来ると中から話し声が漏《も》れてきた。帰ろうか迷っていると、こちらに向かってくる田宮聖子《たみやせいこ》さんの姿が見えた。彼女は手招きしていたので、そちらの方に電動車椅子を移動させた。

「校長先生は今、うるさいママさんのクレームに対応中なのよ。それで、きのうタケさんが来るという伝言があったから、もし来客中にタケさんのことを見かけたら、技術員室で待っててもらうようにと頼まれたのよ」

技術員室に入ると、

「これは校長先生からだから」

冷蔵庫を開けた田宮さんはコーラのペットボトルを出した。それを飲みやすくセットしてくれた。もちろんストロー付きだ。

「あ。これは嬉しいな。ありがとうございます」

「それじゃ私は、校内を回ってきますね。……ごゆっくり」

うなずくと田宮さんは出ていき、入れ替わりに北川校長がやって来た。

「お父さん、ごめんね。おまたせして。もう今年度の一年生のママさんはすごいのよね。子どもたちはかわいいのに。なーんて。ここだけのつぶやき聞き流して」

「はい。コーラを、ありがとうございます」

北川先生も冷蔵庫から慣れた手つきで缶コーヒーを取り出した。やはりブラックの無糖だった。そして先生は丸椅子に座り、車椅子と真正面に向き合った。その表情は硬かった。

「るなくんのことですが」

「……」

きのう探偵して知り得た情報を順番に話した。月くんの家族の現状。母親と祖母の争い。離れている父親に会うために、彼が百点を取ろうとしていることを伝えた。だが、あくまでも伝聞だと強調した。それと商店街での、不審者のうわさも伝えた。

「そう」

「ただ、るなくんの手の傷を誰がしているのか。本当にお母さんだけなのか。ほかの誰かなのか。その肝心なところは分かりません」

「助かるわ、お父さん。……でも彼の隠し方からすると守りたい人よね。たぶんお母さんだと思うわ」

「かわいそうに……」

「私は校長だからかわいそうではすまされないのよね。子どもの不幸を取り除くのが仕事だから。それをしなければ学校長として失格なの。るなくんのことは児童相談所とも連携がいるようね。それと」

凛《りん》として北川校長は言った。空のことも学校全体でも見守るらしい。それも校長先生の仕事だ。俺には止められない。

缶コーヒーとコーラを互いにひと口飲んだ。

——自分の家は探偵しようがない。

「……空くんのお父さん。これからも陰《かげ》に日向《ひなた》に、よろしく」

「あ、はい」

深呼吸して先生は笑顔を見せた。

「このコーヒーを飲み終えるまで、ここにいようかな。午後からは、いろんな会議もあるし、それに教育委員会も来るんだ。けっこう校長ってハードなの」

「一年のときから校長先生をずっと見てて、本当に頭が下がります。こんな車椅子の親もいるし、大変ですよね」

「ふふ、お父さんとは出会えてよかったわ。ありがと」

お互いに笑い合った。それでも問題は山積、いっとき女性戦士の休息だった。

「……北川先生は、どうして教師の道に？」

俺は前から思っていた疑問を、校長先生にぶつけてみた。にやりと先生は笑った。

「これでも私。小学校一年生から悪かったの。悪知恵がすごくてね」

そんな放課後。何人ものクラスメートに十円玉を持ってこさせて駄菓子屋に行き、みんなには五円のアメ玉を配って、ご自身はおつりでほかのお菓子も食べていたという。

「えっ先生、やるもんだ。いわゆる悪徳商法ですよね。頭いいな」

「でもそれがバレて、叱られた、叱られた。父からは勘当《かんどう》を言い渡されたわ」

「ほう」

「そのときの担任が女の先生だったんだけど。私を頭ごなしには叱らないで、どうしてそうなったかを一つ一つ聞いてから。何がいけなかったのかを考えなさいって」

懐かしそうに校長先生は話してくれた。もしその女教師から、ただ叱りつけられていたら教育の道には進んでいなかったそうだ。子どもが知らないで間違いをしでかすのは当たり前のこと。いたずら心もあるし。どこを間違えていて、それをなおそうと子どもに気づかせるのが教師の仕事だと照れくさそうに言った。ご主人は、そのとき五円のアメを食べさせた同級生の方だそうだ。いまでも五円のアメの話になるという。

「そうでしたか。よかったです。空は北川先生がいる小学校に入れて」

「あら。嬉しいお言葉をありがとう。……空くんのお父さんとママは、どんなふうに？」

「うーん。とっても複雑なんですけど。妻のイラストに惹《ひ》かれてしまったんです。水平線が描かれていたんです。ちょうどいろんなことに疲れ果てていて。水平線の絵に癒《いや》されたのかな」

「そして空くんと、海ちゃんにつながるのね。ステキだこと。また今度、ゆっくり続きを聞かせてくださいね」

さて、と気合を入れて北川校長は立ち上がった。そして重そうな学校長という鎧《よろい》を身にまとい技術員室から出ていった。

夏休みが終わり九月になっても暑い日が続いていた。俺はそんな休日の午後。美樹の個展の受付をした。横浜の街は暑いが、空調のいい室内は快適だった。芳名帳に目を落としていると、北川校長に声をかけられた。

「お父さーん」

「校長先生！　わざわざ遠いのに、すみません」

「ううん。お母さんのイラストを観たかったから」

奥の妻に目をやると雑誌の取材を受けていた。北川先生は小さな包みを取り出して、電動車椅子の背中に置いた。そして耳打ちしてきた。

「これは手首用のサポーターです。お父さんがご自分で買ったことにしてね。るなくんにも子ども用を買ったから。……お父さんもこれで腕の傷を隠せば、暑い夏に半そでシャツが着れるでしょ」

「わ、ありがとうございます」

先生はイラストを観にいった。妻の美樹は取材を中断してもらい、校長先生に駆け寄った。主に、空と海のイラストばかりだ。その中の水平線を描いた絵に北川先生は足を止め、美樹は説明していた。それから美樹の友人が何人もやって来た。俺は携帯電話をつまみ出して美樹に、先生とお茶して駅まで送ってくるとラインに打ち込んだ。

外はむっとする暑さだった。校長先生は、すてきな日傘を広げた。それをこちらにかざしてくれた。真横で恐縮した。

「あ先生、ありがと。……で、妻から校長先生とお茶してと命じられてて、そうしていただかないと叱られるから。どこか車椅子の入れるお店に」

「それなら私が学生のときから行ってる横浜駅地下街の喫茶店でいいかしら」

「はい。お供いたします」

「ママの水平線の絵。あれに、お父さんは惹かれたのね。ロマンチックだこと」

「まあ。はい」

それ以上のことを、校長先生は訊いてこなかった。ほっとして助かる気持ちになった。先生に嘘をつきたくはなかった。それでも本当のことは話せない。これぱかりは、誰にも話せない。俺と美樹だけの秘密だった。ふたりで墓場まで持っていくことにしている。

横浜駅の地下街へとエレベーターで降りた。そしてレトロな喫茶店に入った。店員さんに頼んで、入り口近くに電動車椅子が入れそうなスペースを確保してもらってから車椅子を乗り入れ、その前の席に校長先生が座った。

「ここはゆったりしているから車椅子でも入れると思ったけど、大丈夫そうね。私はコーヒーにするけど、お父さんは何がいい？」

俺は、暑さで喉がカラカラだったのでコーラを頼んだ。

「あの校長先生。このサポーターは買わせてください」

「私の勝手だからお父さん、気にしないで。そうだ、着けてみない？」

サポーターの包みを開けて、右手に素早くつけてくれた。その手はテニス選手のようになった。二つ着けると手首から肘下《ひじした》まで隠れた。腕の傷は見えなくなった。

「お父さん、似合うじゃない。るなくんに何も気にしないで半袖シャツを着てほしかったの。運動会もあるし、これなら取れたりしないでしょ」

「はい」

胸が熱くなり言葉に詰まった。コーラとコーヒーが運ばれて来た。

「ねえ。お父さんは作家だけど、いまは、このこと書かないでね」

「はい。もちろんです。書きません」

間髪《かんぱつ》置かずに返事をした。少し間をおいて笑いながら校長先生が言った。

「けど。ほかの楽しいエピソードは、いつかは小説にしてほしいような気もして」

「そうですね。そのときは校長先生が主人公かな。もしもドラマになったら、先生の役は、どんな女優さんにします？」

「あの人がいいな。私、失敗しないのでっていうドラマの」

「はいはい。天才外科医のやつですね」

「私、失敗してばかりだから」

北川校長先生は笑った。

「ところで、るなくんのことだけどお父さんに協力してもらったお陰で、おうちにいろいろと複雑な問題があることがわかったわ」

校長先生は冗談のときとは打って変わり、真剣な表情で語りだした。

「はい」

「でも、ごめんなさいね。お父さんのお陰と言いながら、詳しいことは個人情報の関係ですべては話せないの。プライバシー上、かなりセンシティブな問題を含んでいて……。まだお母さんが隠している真相がほかにあるのか。どうも事実が見えない所があるの。事の真相が何かあるような気がして」

「俺は。先生のお役に立てただけで十分です。あの子が、いい方向に向かっていれば、ほかには何も」

俺は思った通りのことを口にした。校長先生が言う見えない真相というのも想像がつかない。

「ほかならぬお父さんだから、一言だけお話ししておくと、やはり児童相談所の力は借りることになったわ。あの複雑な家庭環境の中に、あの子をこのまま放置しておくわけにはいかない、という私の判断からです」

「もう何もおっしゃらないでください。俺は校長先生のなさることはすべて信じてますから……」

北川校長は嬉しそうにうなずくと、それ以上この件については語らず、また雑談に戻った。

校長は職務権限の範囲を超えて、月くんを守り抜くときっと心に決めたに違いない。詳しくは判らないがただ一つ言えることは、北川校長と日野先生の最強コンビは、理不尽に扱われる子どもたちを絶対に見捨てたりはしないということだ。彼女たちは、不幸な事態を決してそのまま放ってはおかない。自らの保身やリスクなど顧《かえり》みず、子どもたちにできることは全力でやり尽くす、それが北川校長と日野先生の真実の姿だと思えた。

「実はこの店、むかし彼氏とのデートの待ち合わせに使った喫茶店なの。男の人とここに来たのは、それ以来かな」

「え!?」

俺が返事に困っていると、

「じゃ。るなくんのこと、あとはまかせてね」

そう言うと校長先生は立ち去って行った。


季節が過ぎるのは早く、寒い新年になった。三浦半島は都心よりも少し気温が高い。だがやはり冬は寒い。

俺は、学校に顔を出す回数は学年が上がり季節が進むごとに減っていったが、やはり空のことが気になり、久しぶりに外から技術員室に近づいた。新年のあいさつがしたくて中をのぞくと、嬉しそうな校長先生に手招きで呼ばれた。俺は玄関を回って技術員室に入った。ひとりで北川校長は缶コーヒーを飲んでいた。やはりブラック無糖だった。

「おめでとうございます。今年も空がお世話になります。校長先生」

「はい。おめでとうございます」

お互いに、おじぎをした。

「校長先生と缶コーヒーのブラック無糖って、いつか小説に書きたいな」

「いいですよ。なんだか最近、飲む量が多くなって」

「うちの子を筆頭に、いろいろやらかしてくれますからね。校長先生のストレスって、そうとうだろうな。頭が下がります」

笑いながら北川先生はコーラにストローをさしてくれた。

「ところでお父さん。るなくんのこと。あのときは本当にありがとう」

「いえ。俺は何も」

本当はその後のことが気になっていた。そう言えば最近、月くんを見かけない。

「発見が遅れていたらどうなっていたか。お父さんのおかげだわ。詳しくはお話しできないけど、保健の日野先生が児童相談所と連携して」

「そうでしたか。よかったです」

「その後、空くんママは？」

「変わりません。でも校長先生にいただいたサポーターのおかげで、手に爪は刺さらなくなりました。あとメルカリっていうので安く、サッカー用のスネ当てを買いました」

「お父さんは本当にアイディアマンね。でも空くんたちに」

「絶対に、手は出させません。なんとなく周期があるのも記録するようにしてから分かってきましたし。何があっても子どもたちは守ります」

安心したように北川校長先生はうなずき、缶コーヒーを飲み干した。そのとき教頭の野太い声で校内放送が入った。ふだんは聞いたことがないほどの早口だった。教頭先生は、あわてて話す人ではない。

「北川さん。タクシーが来ました。職員室へどうぞ」

学校で、校長先生を「さん付け」で呼ぶことはない。

——なんだ⁉

校長先生は放送を聞いたとたん、顔が青ざめていた。まるで体に火がついたようにすさまじい勢いで廊下を駆けていった。俺は訳が判らなかった。いったい何が起きたのか。とにかく息を殺して静かにしていた。ひとりになると技術員室は寒かった。ゆっくりと窓の外を見たが人影はなく、普段と何も変わらない。それでも入学して以来、こんなに学校の空気が張り詰めたことはなかった。すると何分経ったか判らないが、教頭先生の落ち着いた声の校内放送が流れた。

「みなさん通常授業に戻ってください」

そこに大野《おおの》先生が入ってきた。

「あ、先生。お久しぶりです」

おじぎをして俺は大野先生の言葉を待った。先生は笑って言った。

「もう終わりましたよ」

インフルエンザで自分のクラスが学級閉鎖になっていた大野先生が来てくれた。ほかの担任の先生たちは、まだ児童を教室から出さないようにしているらしい。またも、めったにない学校行事に出くわした。これはチャンスだ。大野先生にお礼を言おう。

「今まで、お話しする機会がなかったんですけど。大野先生には夫婦で、とっても感謝してるんです。うちの空にははじめての先生で、めちゃくちゃなアイツを、野ザルから人間にしていただいたのは大野先生です」

「そうかしら」

ついでなので先生に、アメリカ陸軍の軍曹のようだと思っていたことも伝えた。大野先生は大声で笑ってくれた。少しの時間。あいつらが子ザルだったころの話をした。あの子たちの成長が、嬉しいと先生は言った。そして笑いながら、ふたりで技術員室を出た。また先生が口を開いた。

「お父さんが嬉しいこと言ってくれたので、一つだけ教えてあげる。さっき校内放送で、校長先生の名前を〝北川さん〟って呼んでたでしょ。あれは、何か重大な出来事が起こったとき各教員に警戒態勢をとれっていう暗号なの。子どもたちには恐怖を与えないようにするためのものよ。何が起こったのかは、私にもまだわからないわ。でも平穏な様子を見ると、どうやら落ち着いたみたいね。私が教えられるのはこれだけ。あ、パトカーが出て行ったわ」

背伸びしてそう言うと大野先生は職員室の方へと走っていった。

――重大な出来事って、いったい何だ？

パトカーが来たっていうことは何かの事件ということか？　俺は、重たい気持ちになった。空の教室の前まで行き、息子の無事を確かめてから俺は学校を出た。

その日の夕方、空が帰ってから、今日学校で何か起こったかと尋ねてみたが、彼は何も知らないと言った。またわが子心配会のラインで、このことについて聞いてみたが、知っている親は誰もいなかった。どうやら、よほど厳重な箝口令《かんこうれい》がしかれているらしい。


あっという間に月日が経ち三月になった。ゴーストライターの打ち合わせの帰り、横浜駅前の地下街に降りて、車椅子でも親切にしてくれた喫茶店に入った。こういう場合は有り難い。俺はコーラを頼み、いつか校長先生とここに来た日をぼんやり思い出していた。ここ最近、北川校長には会っていない。

——どうしてらっしゃるかな。

月くん親子のこと、いや事件は、波晴のママやほかのお母さんたちなどの情報をつなぎ合わせ、たぶんこうだったに違いないと、俺なりの憶測《おくそく》ができていた。そして運ばれてきたコーラを飲もうとしていると、北川えいる校長先生が目の前に立っていた。

「あらお父さん。もしかして私のこと待ってらしたの？」

「わ。はい。先生のこと考えてました」

「まぁ、嬉しい」

校長先生は、何かの研修の帰りだという。ひさしぶりに談笑した。それでも今、この数か月の憶測を話さずにはいられなかった。どうしても我慢できなかった。

「……あの。俺は鳴かず飛ばずだけど小説家だから、いつも何か物語を想像してるんです。いつかは芥川賞作家になりたくて。……だから今も結末が、まとまらないストーリーがあって」

これは原稿にするわけでもなく、頭の中だけで想像のパズルを埋めようとしていると話した。だが埋まらないパズルのピースがある。心の中の《知りたい病》が抑えきれない。想像の中身を話した。

「あくまでも想像ですが」

うちの空ぐらいの少年が、腕の傷をひた隠しにしていた。本人は黙して語らないが、学校の尽力で児童相談所も関わり、少年は保護された。しかし彼を傷つけていたのはいったい誰なのか？少年の父親が借金を肩代わりしたせいで離婚に至った。少年と母親は実家で祖母との関係が悪く、ぎすぎすとした辛い生活をしていた。ただ結論は、どこか遠くで親子三人、幸せにしているというエンディングにしたい。そう言って俺は微笑んで見せた。

「お父さんは、もしかしたら推理小説の方が向いているかもしれないわね。……私、こう見えて高校生のときに、アガサ・クリスティの小説を読破したほどなのよ。……そうね。お父さんが原稿にしないと言うから。私なりに埋まらないパズルの、その見えないピースを想像してあげようかな。……私なら」

俺は前のめりになり語調を強めた。

「なら。ならどうしますか？　北川クリスティなら」

「うふ。北川クリスティとしては、やはり元凶は。……少年の、お父さんの弟が、そうとうな悪《わる》で」

彼女は北川クリスティになりきっていた。

この弟が、平穏な家族三人をばらばらにした張本人だった。少年の父親は困り果てていた。借金の保証人になっていたため、自宅への取り立ては日に日に激しくなった。仕方なく妻と少年の安全のために、夫婦は離婚した。そんな弟は、今度は兄嫁にまでお金を強引に無心《むしん》するようになる。脅しをエスカレートした弟は、少年の見えにくい腕を傷つけていた。たまらず母親は義弟にお金を渡し続けた。そして少年が保護されると、彼を探すために小学校にまで脅迫電話をかけてきた。

「たった一本の電話で、学校は蜂《はち》の巣《す》をつついたような大騒ぎになるわよね。でも学校にまでその弟が脅しに来ることはなくて」

いくつもの犯罪に手を染めていたから、弟は実刑判決になる可能性が高くなった。そして義弟の暴力の恐れが遠のくことになって崩壊しかけた家族が、ふたたび回復に向かっている。

「あともう一つ。少年には、お父さんと交わした大切な約束があったの」

「なんだろう？」

顔をほころばせて彼女は言った。

「少年が、なにか一つ得意な科目でいいから」

１００点を取れば、お父さんは必ず何があっても迎えに行く。そんな約束を信じて、少年は勉強をがんばっていた。そして今では、親子三人で幸せに暮らせるようになった。

「あぁ。よかった。……いや俺の、想像。すべて想像の物語としてです」

また、ふたりでたわいもない談笑をした。もうすぐ春休みになる日の夕方、喫茶店はこみ始めた。

# 小学四年生★自分らしくって難しい

梅雨時《つゆどき》は全身の筋肉がおかしい。いろんな箇所に力が入り心臓の鼓動が早くなり踊りだす。たとえるならラグビーの試合をずっとしているようだ。それに呼吸も乱れてしまい、ポンコツ車《ぐるま》のエンジンが気分次第で動き、タイヤもすり減っていく感じだ。あえぐほど体力の消耗は激しい。だが俺は稀《まれ》な部類で、言葉は八割がた通じているから助かる。

ただでさえ食事も着替えも出来ない。自己分析では、健康な方の五パーセントほどの身体能力で何とか生きている。創意工夫をしまくり、どうにかその日をやり過ごしている。そして何とか頼りになるお父さんを演じなければならない。いや演じ続けないと、わが家は回らない。

アンバランスなのは、電動車椅子に乗ってしまえば、少しの指先の操作で何処《どこ》へでも自由に行ける。そのせいで周《まわ》りは俺の不自由さを忘れてしまう。いいのか悪いのか首をかしげる。

毎年、梅雨時期を過ぎると美樹《みき》の仕事は忙しくなる。おそらく芸術の秋に向かうからだろうか。そして締切りに追われる妻に頼まれてイオンで冷凍食品を見ていると、耳のイヤホンに着信音がした。携帯電話を見ると、公衆電話からだった。こんなことは今までになかった。三コールで自動通話した。

「はい」

「おとうさん！　校長先生に、ころされる」

おびえる空《そら》の声だった。

「殺される？　どうしたんだ？　空？」

「……あのね。あのね。フィさんに、波晴《なみはる》と星《ひかる》と、ぼくと翼《つばさ》で」

電話はそこで切れた。いったい何が起こったのか判らなかった。小学校の玄関ホールには公衆電話がある。空のランドセルの底には三十円を、大地震に遭ったとき使うよう隠し持たせていた。

彼には四歳のときの行方不明事件以来、調教するように携帯電話の番号を歌のように暗唱させていた。覚えるまで許さなかった。クリスマスプレゼントと、お年玉までエサにしっかりと暗記させた。

――何をやっちまったんだよ。

いや何か事件を起こしたに違いない。相手の親御さんに謝るのなら早く学校に行き、やつが何をしたのか詳しく知る必要がある。携帯電話の、0を押して発信した。

「あ、美樹。ちょっと学校に行ってくる」

「また空、何かしたの？」

「だろうね。イラストの締切りがんばって。じゃあね」

イオンを出ると風が強かった。このまま国道沿いに電動車椅子を走らせれば、十分ほどで海の浜小学校に着く。

学校の門が開いていた。校長先生が予測して開門しておいてくれたのかもしれない。そっと静かに校長室に近づくと、空と翼ちゃんと波晴、あと星くんも立たされていた。彼ら四人は直立不動で、北川《きたがわ》校長先生に怒鳴られるのを覚悟しているように見えた。わが子の緊張が伝わってくるようだった。空には、俺の車椅子は見えていない。

――空、何をやっちまったんだよ。

北川校長はこちらをちらりと見た。そしてゆっくりと椅子に浅く腰を乗せ、顔の前で手を組んで静かに話し始めた。つぶやくほどの小さな声だった。かえってその小さな声が怖いのか、四人は顔が強張《こわば》った。

「あのね。これからお話することは、みんなにとって大切なことだから」

耐えかねて翼ちゃんが口をはさんだ。

「校長先生、怒らないの？」

にっこりと北川校長は微笑んだ。冷たい微笑に見えた。空と波晴は、なおさら緊張していた。

諭《さと》すように校長先生は話を続けた。

「四年二組。みんなの同級生のフィさんに、何を言ったのか。ひとりずつ教えて」

そう水を向けられ波晴が口火をきった。

「いじめました」

「いじめって？　どんな？」

「肌が茶色くて、きたないって」

「……空くんは？」

その重たい空気に耐えられず、空は少し震えていた。目から涙があふれ出した。

「ぼくも、そうだと言いました」

翼ちゃんも目に手をやった。校長先生は背筋を伸ばした。

「どうして泣いているの？　私に叱られていると思うのは大きな間違いよ」

空たちはうなずきながら小さな声で、はいと返事した。

「みんなはフィさんに、そう言ったのを、いいことだと思う？」

四人そろってうなだれた。校長の声はまた小さくなった。しかしまなざしは真剣そのものだった。子どもたちは先生の顔を見つめた。

「これから校長先生が話すことはとても大切なことだから、ずっと忘れないでほしいの。いいかしら。心の奥に深く刻んでくださいね」

うなずきながら四人はまた、はいと返事をした。

「人はね。……どんな人も、なんぴとたりとも、性別、人種、国籍、宗教、文化、それに肌の色などで差別してはいけないの。あと、どこか体が不自由な人に対しても同じ」

ちらりと北川校長先生は、空を見た。こくりと彼は大きくうなずいた。たぶん校長先生は俺のことを意識している。

「そんな差別を見て見ぬふりもしてもいけない。これだけは一生忘れちゃダメ。人間として許されないことよ。……フィさんの何がいけないの？　ご両親が外国から来た人だから？　みんなと肌の色が違うから？　みんなよりも背が高いからかしら？」

校長先生の心が泣いている。それが伝わってきた。どうしたら子どもたちに伝わるのか真剣さはすさまじい。そっと電動車椅子を後進させた。これは見なかったことにしておこう。すると肩を叩かれたので振り向くと、担任の桜井麻美《さくらいあさみ》先生だった。先生はいつもワンピースを着ている。それに長く伸ばし束《たば》ねた黒髪はよく似合っていた。ふたりで隣の事務室のドアの陰に隠れた。校長室に聞こえないように小声で話した。

「なんか、ご迷惑をおかけして」

「ううん。この件は校長先生におまかせしたの。ちょっと見つからないように会議室へ行きましょう」

いつもと変わらない優しい口調だった。桜井先生は椅子に座り、視線が同じ高さになった。

「お父さん、あんまり深く考えこむことありませんよ」

俺の考えを見透《みす》かしたかのように、桜井先生が笑顔で言った。

「はぁ……」

「幸い、フィさんもそんなに気にしてないと思います。彼女は、さまざまな点で優秀だし、こんなことでへこたれませんから。それに陰口を叩かれるより、まだましだと思ってるかもしれません。ひとりだけ肌の色が違うのだから、何か言われることぐらい覚悟してると思います。マイノリティの方の気持ちは、お父さんの方が」

「まぁ。はい」

俺は桜井先生に言われて、少し気が楽になった。また空は、いい先生に担任してもらっているようだ。

「……あと以前もお話した車椅子の、子どもたちにも乗ってもらう体験学習のこと、よろしくお願いしますね」

「桜井先生。それ、車椅子を何台か用意できますか？　役所とか貸出してくれるかな」

「うーん。校長先生に相談して、こちらで何とかします」

「じゃ。よろしくお願いします」

「それでは、私はこれで失礼します」

そう言うと桜井先生は、ワンピースをひらりとさせ会議室から出て行った。

子どもの成長は驚くほど早い。空にも反抗期の芽が見え隠れしている。とても健全なことなのだろうが、いくらなんでもいじめに加担するとは大きなため息が出た。

——父親がこうなのに、空のヤツめ。

体調の悪さもあり気分が沈んだ。どこかで育て方を間違えたのか？　いじめをする側になるのはショックだった。自分の中には、口には出せないほど差別意識や、同じ障害者へも偏見や侮蔑の思いがあふれている。それでも空には、人の心と体を傷つけてはいけないと口が酸っぱくなるほど言い聞かせてきたのに、このありさまだ。

うつむいて校門に近づくと、入学して半年の一年生が何度目かの校外学習から帰って来たところに出くわした。みんな日陰のピロティに座り込んだ。すると若い女の先生の声が飛んで来た。大きな目に見覚えがあった。

「空くんのお父さん。お久しぶりです。岩田瞳美《いわたひとみ》でーす」

「ああ。今年は一年ですか。このころは、かわいくていいですよね」

岩田先生は残暑のなか、ご自分のクラスの子たちに水筒の水を飲むよう促した。

「なんかお父さん。今日は元気ないですね。どうしたの？」

またため息が出そうなのを我慢した。

「空のやつがまた、やっちまったんです」

「いいじゃない。そのために私たち教師がいるんですもの。……私、入学式で空くんを席に案内したんです。もう四年生なんて早いですね。……空くんは桜井先生のクラスでしょ。ベテランだし安心だよ。いつもワンピース姿も素敵ですね。私は一年生相手だから、ジャージも泥んこでーす」

その笑わせてくれるひと言が嬉しかった。

「ありがと」

校舎に入っていく先生に、心の中で頭を下げた。


夜、眠れずにいた。もう深い眠りに落ちている美樹と手をつなぎ、指をからませ考え込んだ。まだ起きている空にさりげなく訊くと、校長先生に呼び出されて生きて帰ったヤツはいないという学校伝説を信じて、思わず電話してきたらしい。詳しく訊くと、はぐらかされた。きっと空にしてみれば自分は主犯ではないと言いたげだった。だがもし、いじめた相手が自殺でもしたら、空は犯罪者同然だ。許されることではない。どう育てればいいのか判らなくなった。空を見ると、いつの間にか眠っていた。

そのとき寝返りをうった美樹が、「ママ、やめて」と俺の手に爪を立てた。それでもサッカー用のスネ当てのおかげで、爪は皮膚に刺さらなかった。なんとか美樹の手を振りほどいて起き上がった。美樹は疲れているのか、また深い眠りに落ちていった。

——こっちも、なんとかしないと。

ママやめて、と美樹は確かに言った。悪夢の原因はそこにあるのか？　そっといざって動き、パソコンを起動させた。夢遊病、トラウマ、母親、悪夢と検索してみたが何もはっきりしたことは判らなかった。窓の外が明るくなっても、いろいろ検索したがネット上に答えはなかった。確かなことは、美樹に自覚はなく、いつ子どもたちにやってしまうか。

——それだけは防ぎたい。

万が一のために美樹と手をつなぎ、横になった。

翌日。空のクラスをのぞきに行った。見に行かずにはいられなかった。後ろの戸から電動車椅子で入ると、桜井先生以外には気づかれなかった。算数の授業だった。黒板の計算式は、まったく判らなかった。もうこんなに難しい勉強をしているのかと驚いた。

「はい。この問題、できる人？」

さっと手を上げたのは背が高く、褐色の肌の女子だった。きっと空たちがいじめたのは彼女だと判った。後ろ姿はモデルさんのようにも見える。ごく普通の女子は太刀打ちできまい。

——あ、いつか病院で会ったあの子だ。

空が朝礼台から落ちて骨折したとき、病院で話しかけてきた女の子のことを思い出した。また背が伸びたように見えた。

「それじゃ、フィさん。前に出て来て」

「はい」

フィさんは手早く黒板の式を解いた。俺には、黒板に書かれた式の意味すらまったく判らない。桜井先生は、赤いチョークでその答えに二重丸をした。あっぱれと感心した。振り向いた先生と目が合った。この子ですよとテレパシーで伝えられた気がした。うなずいて返した。

休み時間になると、男子たちは校庭に出ていった。空はこちらを見向きもしなかった。海の浜小学校では、一時間目と二時間目を休憩なく続けて、三時間目までの間をリフレッシュタイムとして二十分の休み時間が取られていた。

窓から校庭を見下ろすと、フィさんは男子と楽しそうにサッカーを始めていた。空は、フィさんにボールを取られて転んだ。翼ちゃんもそこに絡んでいた。子どもたちは、さほど考えていないのだろう。楽しそうな光景にほっとした。そのとき、幸《さち》さんから声をかけられた。一年生のときから見ているが、この子もリトルレディーというほど成長していた。

「空くんのおとうさん」

「はい。何でしょうか？」

数人の女子が目の前に迫って来た。もう、みな立派な女性だ。内心、どきっとしていた。自分にはそういう性癖《せいへき》はないはずだが、この女子たちからはフェロモンが出ている。わが子たちが男の子でよかった。

——こりゃ先生たちも大変だ。

特に男の先生は、少女たちの中に性の芽生えをおのずと感じてしまい、距離の取り方が難しくなるのではないか。幸さんが顔の前に来た。思わず電動車椅子を下げた。窓の外は青空だった。

「……この子ね。先週、転校してきた沙絵《さえ》ちゃんです」

「あ。西崎空のおとうさんです。あいつが何かしたら叱ってやってくださいね」

「私は、柚木《ゆずき》沙絵といいます」

女子たちが説明してくれた。

「沙絵ちゃんはね。お父さんのお仕事の都合で、小学生になってから五回も転校してるんですって。短いときは、三週間で転校したこともあるんだって」

照れくさそうに沙絵さんは言葉をはさんだ。

「でも、おとうさんといっしょがいいから」

「五回も転校したの？　どこから？」

ほかの女子たちも話に入って来た。沙絵さんは思い出して答えた。

「北海道の函館とか、新潟の小松でしょ。あと九州の、どこだっけな。忘れちゃった」

お茶目な沙絵さんの言い方に女子たちは、けらけらと笑った。同時に耳のイヤホンに着信音がした。急いで廊下に出た。

「こんにちは。北川です。お父さん、ずいぶんと女の子たちにモテてますね」

「あ。きのうは先生、空が、すみませんでした。あいつ父親がこうなのに。まったく」

「そんなことは関係ありませんよ。で、今、技術員室でサボろうしてるの。ちょっとお父さんもいらっしゃらないかなって。ひと言、お礼も言いたいし」

校長先生は来てほしいと言っているのが判った。

「はい。すぐにエレベーターで降りていきます」

技術員室に電動車椅子を進めた。

北川校長は、やはり缶コーヒーを飲もうとしていた。けさ空たち四人は校長室に来てそれぞれに反省文を持ってきたという。それを読んだ校長先生は、とても安心したと話してくれた。いじめは陰湿になりやすいが、あの子たちは真剣に反省しているらしい。空は、人の心と体を傷つけないというお父さんの言いつけを、これからは絶対に守ると書いてあったそうだ。

「お父さんは、空くんに大切なことをしっかり教えてらっしゃるのね。教師としても、そうありたいと思います。ありがとう」

「いえいえ。ぜんぶ先生方のおかげですから」

次の授業が始まるチャイムが鳴った。校長先生とふたりで技術員室を出た。


この家に越してきて五年半。縁側から自力で静かな居間にすんなりと入れるようになっていた。誰もいないのかと思った。

「ただいま」

居間に入ると、美樹《みき》と海《うみ》が抱き合うように昼寝をしていた。見ると海の小さな手を美樹はつないでいた。彼女は仕事で疲れているのだろう。しかし、そんなときが危ない。

――やばいよ、それ。

そうっと海の服をつかみ、ゆっくりと美樹から引き離した。これは早く彼女を専門家に治療してもらった方がよさそうだ。どうにか友人のつながりで紹介してもらった大きな病院の心療内科に、なるべく早く診てもらおう。

「あ、おとうさんだ」

「静かに。お母さん寝かせとこ」

「うん」

「……海。アイス、買ってきたよ。電動車椅子にかけてあるから」

「やったー」

海は縁側に走り寄り、ぴょんと電動車椅子に飛び乗った。そして車椅子に引っかけてある袋の中にある物を取りだすと、大好物のガリガリ君をおいしそうに食べた。


夜。子どもたちが寝静まってから、美樹がコーヒーを淹《い》れてくれた。空がゲームばかりして心配だという。ゲームカセットを本人が管理しきれないほど持っている。それを友だちと貸し借りして訳がわからないことになっているようだ。美樹の両親は、京浜急行で小一時間の所に住んでいた。空と横浜で待ち合わせては、彼が欲しがるモノを買い与えていた。もちろん海にも、たくさんのオモチャが送られてくる。婿《むこ》の俺には、それを止める術《すべ》はなかった。それに彼女の両親からは、まだ正式に結婚を許されていない。

「パパからも言ってくれないと、空はきかないから」

「俺が言ってもきかないよ。そういう年ごろなんだから」

なにより手足が健康だから、いいじゃないと話した。ゲーム機が使えるのも友だちと遊びまわるのも五体満足だからできる。もしも俺みたいだったら、どうする？

「やなことばっかだぞ。体がこうだと」

「……けど。空には、パパが言ってくれないと」

「わかったよ。今度、話してみるから。……もう寝よう」

メルカリで安く買ったサッカー選手のスネ当てを毎晩、美樹は俺の右手に固定してくれる。これで傷つけることもなくなり彼女の気休めになっているようだ。俺は一瞬、発作の治療のことを切り出そうか迷った。すると美樹は顔を上げて言った。

「どうかしたの？」

「ん？　あのさ。急ぐ話じゃないんだけど」

いい心療内科の催眠療法で、夜の発作が治せるかもしれない。改善されたケースも多いと小声で話した。

「パパも、いっしょについて来てくれる？」

「当たり前だろ」

美樹は不安なのか甘えるようにして、この胸にもたれかかってきた。

「いつでも、俺がついてるから……」

ふと見た窓の外は暗く静まり返っていた。美樹の仕事が落ち着いたら診察を受けようと考えながら目を閉じた。東京の病院まで通う運賃や多額の治療費、空と海をその日はどうするのか。知恵をしぼらないとならないことばかりだ。それでも何とかする。するしかなかった。美樹の発作は最近、気のせいか強くなっていた。爆発する前に防がなければならない。

数日後の夕方。海を電動車椅子の背中に乗せて保育園を出た。まだ夕方の陽ざしは強く、地下道に入ることにした。すると地下道に少女の声が響き渡った。

「空くんのおとうさーん」

はっきりした声は間違いなく俺を呼んでいた。車椅子を止めて振り返ると、こちらに走ってくる女の子がいた。海が肩をたたいた。

「誰？」

「わかんない」

笑顔で駆けてくる少女には何となく見覚えがあった。空と同じクラスの転校生だった。名前が思い出せない。息を切らして彼女は車椅子の前に立った。頬《ほお》の汗をぬぐって、海にミルキーをひと粒差し出した。

「これ。あげる」

海はそっと手を伸ばした。

「こういうときは海くん。なんていうんだっけ？」

「ありがとうございます」

なんとか脳みその奥から思い出した。沙絵《さえ》さんだ。記憶の片隅から引っ張り出した。

「柚木《ゆずき》沙絵さん。でした、よね」

「はい。私もママと弟を幼稚園にお迎えに行ったんです」

沙絵さんのママが遠くから、こちらに会釈していた。

「ありがとね。沙絵さん。……また学校で、空が変なことしてたら、注意してやって。やつはおバカさんだからさ」

「そんなことないですよ。私が学校の決まりとか分からないとき、いつも空くんが教えてくれるから」

「そうなんだ」

「じゃ失礼します」

ぴょこんとおじぎをし、走って沙絵さんは戻っていった。その背中は大人びて見えた。

——あの子は、もう身につけてるんだな。

彼女が生きる術《すべ》を体得しているのが判った。何度も転校を繰り返す中で、沙絵さんは早く学校に慣れてその土地で生きていく知恵を身につけたのだろう。新しいクラスでは出しゃばらず、女子の中に笑顔でそっと馴染《なじ》んでいく。

――それで、こんな車椅子のおじさんにまで。

街中でも無意識に声をかけてくれたのだろう。人はたくましいと思った。あの子に幸あれと願いたい気持ちになった。

秋も深まり、車椅子体験の授業の打ち合わせをした。担任の桜井先生からは、

「空くんのお父さんにやり方はおまかせします。私も楽しみだわ。車椅子を借りるのは何とかなりそうです。四台、確保します」

「四年生は八十人ですよね。四台あれば、みなに乗ってもらえますね」

「あの子たち喜ぶだろうな。お父さんのお話も楽しみです」

大きな期待を寄せられた。

――どうするかな。

百聞《ひやくぶん》は一見に如《し》かずだ。みんなに体で感じてもらおう。子どもたちに乗るのも押すのも経験してもらおう。

帰りがけに校長室をのぞくと、北川先生から手招きされた。

「空くんのお父さん。……どうぞ入って」

「少しだけお邪魔します」

そう言って長居をしてしまうのが常だった。

「四年生の桜井先生から聞きましたよ。車椅子の体験授業をしてくださるって」

「どうやったらいいのか。悩んでます」

「お父さんの思った通りに」

あの子たちは入学したときからお父さんを見ているから、きっと楽しみにしているだろうと、校長先生から励まされた。

帰り。車椅子を走らせながら頭の中は、年明けでまだ先だが体験授業のことでいっぱいだった。桜井先生も、北川校長先生も、俺の自由にまかせると言ってくれたが、遊園地の遊具のようにただ漫然と車椅子に乗せたとしても、はたして学校で教える意味などあるのだろうか？　俺は今まで大人相手の講演はさんざんやってきたが、子どもが相手だとまるで話が違う。

考えながら車椅子を運転していくと、あやうく老人にぶつかりそうになった。子どもたちに教えるのだから、自分も気をつけなければと反省した。

電動車椅子は自動車やオートバイほどのスピードは出せないものの、時速六キロのスピードが出る。これは歩く速度に比べれば、かなり速い。さて子どもたちに何を伝えよう。

さまよい歩いて、なんとなく方向性が見えてきた。ありのままを話し伝えよう。かしこまることも仰々《ぎょうぎょう》しくすることもなく、何も飾らずに話せばいい。

商店街に入ると、買い物袋を手にした人びとであふれていた。

あ、まずい。美樹から夕飯の材料を頼まれていたことを、すっかり忘れていた。そして小さなスーパーで買い物をすますと、電動車椅子を高速度にして家路に着いた。

新年になり、何度か打ち合わせをして、体験授業当日になった。早めだが休み時間に体育館へ行くと、幸さんと沙絵さんが駆け寄って来た。それに翼ちゃんも何か話したそうに俺を見ているのが気になった。

「空くんのおとうさんの授業。楽しそうだから早く来ちゃった」

「……私もです」

小声で沙絵さんも言った。

「ありがとね。きみたちもさ。桜井先生がいらしたら、マットとかを出すの手伝ってくださいね。……もうすぐ桜井先生と、校長先生も来ると思うからさ」

電動車椅子の前に、沙絵さんが回り込んできた。そして、はにかんでささやいた。

「今日は、ネクタイしてるんですね」

「そうなんだよね。俺、とっても人前で話すのが苦手で。だけどネクタイすると、どうしてか平気なんだ。緊張しないで話せるんだ」

沙絵さんは少し小首をかしげていた。

はじめて講演を頼まれたのは、二十歳そこそこのころだった。知り合いが看護学校で講師をしていた。その先生から気に入られて卒業間近の学生に障害者のことを話した。そのとき小難しい話をしてもつまらないと思った。お笑い芸人のつもりでやろうと決めた。しかし大きな鏡に映る自分の姿は、あまりにも醜《みにく》かった。サムライ顔の鳩胸で、なで肩。異様でどうしようもない。そこで本番はネクタイをしてみた。すると笑いも取れて大成功した。謝礼に数万円もいただいた。それから二十数年経ったが、やはりネクタイをしなければ人前では話せない。うまく話すためのおまじないというか自己暗示だ。

かなり寒い体育館。四年生の八十人が、防災頭巾を座布団にして座り整列していた。その視線は痛いほどだった。空だけは気まずさそうに下を向いていた。

あらためて桜井先生が、俺のことを紹介した。今日は先生もワンピースではなく上下、白いジャージを着ていた。すてきに見えた。体育館の出入り口に、校長先生の姿が見え隠れしている。

「それではこれから、車椅子の体験授業を始めます。今日、お話をしてくださるのは、西崎武志《にしざきたけし》さん。みんなもよく知ってる空さんの、お父さんです。ご自身も車椅子を使っていらっしゃる立場から、いろんなお話をしてくださいます。じゃ一組の日直《にっちょく》さん」

すると男子が立ち上がり、よろしくお願いしますと言った。

「はい。みなさん。こんにちは。西崎空のお父さんです」

数人の女子から黄色い声が飛んで来た。それを桜井先生がいさめた。

「はい静かに。今日は車椅子のことを教えていただく授業です。よくお話を聞くように」

意外に強い桜井先生の口調に驚いた。俺は話を始めた。

「では最初に、車椅子がどうして作られたか？　わかる人いますか？　想像でもいいよ」

すぐに星くんが手を上げて立ち上がった。

「空の、おとうさんみたいな人が乗るためじゃないですか」

「結論から言うと、ひかるくんの考えでいいと思います」

続いて、フィが同じようにして発言した。

「私は体が不自由な人とか、歩くことが出来なくなった人のために、車椅子が作られたんだと思います」

フィさんの自慢げな顔が可愛く見えた。

「ふたりとも、ありがとう。それで正しいと思います。じゃまず車椅子の歴史から話すね」

俺は、全員を見渡し落ち着いてから話を続けた。まず押してもらうベッドのような車椅子の原型は、紀元前にギリシャで作られた壁画が残っている。それから椅子のスタイルで作られていた車椅子は、かの諸葛孔明《しょかつこうめい》も足が弱り使っている絵がある。そして西暦一六〇〇年代半ばにはドイツで自走式、手漕《てこ》ぎの車椅子が作られた。

「でもこの手漕ぎ車椅子が、後《のち》に自転車づくりのヒントになったらしいんだ。こういう不思議なつながりがあります」

ちょうど日本では江戸時代の初期だ。その後、アメリカの南北戦争や第一次世界大戦などでヨーロッパ各地に負傷兵が激増した。そして必要なものとして、どんどん車椅子が作られたのは戦争のせいだということになる。使う人が多くなれば、より改善が進んでいく。

「たくさんの兵隊さんが足を失くしたから車椅子は作られて、使いやすいように改良されていったそうです」

子どもたちは、そんな話の展開に静かになった。空もこちらを見ていた。

「だから戦争はしちゃダメなんだよね。戦争ほど悲惨なものはないから。……生き残っても。……みんな自分の足を失ったことを想像してごらん。残酷でしょ。車椅子があればいいって訳にはいかないよね」

体育館の出入り口で、校長先生が大きくうなずいていた。話を変えようと自分の電動車椅子のことも説明した。人間は、何でも使うものを便利にしていく。自動車も、飛行機も、この車椅子も同様だと話した。電動車椅子もモーターが小型化されて作られていった。

「それでは、みんなお待ちかねの車椅子試乗体験をしてもらいます。このね、手漕ぎの車椅子四台は、桜井先生と北川校長先生が、みんなが乗れるように、あちこちにお願いをして借りてもらいました。自分たちの勉強のために、いろんな人たちが協力してくれていることを忘れないでください」

ふたりがペアになり、車椅子に乗る人と押す人を、両方経験してもらった。

乗り降りするときには必ずブレーキがしてあるか確認すること。車椅子を押す人は、乗っている人の安全を第一に考えること。それだけは強調して話した。先生がふたりでやってみせた。ひとりが車椅子のブレーキを確認して乗る。押す方はマットに前輪を上げて押して、マット上に乗っかるはずが、桜井先生は緊張からうまく車椅子の前輪が上げられず、子どもたちは笑ってしまいそうなのをごまかしていた。俺は言った。

「この車椅子介助の基本は、けっこう難しいんだよ」

なんとか桜井先生は前輪を上げてマットに進み、車椅子を回転させて後輪から床に降りた。そして乗っていた先生と交代した。

「じゃ、みんなの番です。さっきの注意事項を守ってね」

ずっと体育館の入口から見ていた校長先生が、両手で大きな丸をしてくれた。子どもたちは、うまく出来たり、ふたりの息が合わなかったり、楽しい時間が過ぎていった。そして全員が車椅子体験をした。空と翼ちゃんのコンビは、いとも簡単にやってのけた。

「はい。みんなどうだったかな？」

難しかった。楽しかった。とても勉強になりましたなどさまざまな感想だった。まとめを俺は話した。

「今、人生は、百年時代と言われています。だからみんなも八十歳や九十歳になって、足が弱くなっても車椅子に乗って、楽しい人生にしてください。……今日は、ありがとうございました。これで終わります。……先生の代わりに言うね。最後は二組の日直さん。お願いしまーす」

子どもたちから笑いが起こり、二組の女子が急いで立ち上がった。すると、その子から手作りのブーケを掛けられ、お礼の言葉を言われた。いつもは校外からの講師には折り紙で花束にするそうだが、フィさんや幸さんたちの提案で、手が不自由な俺のために首からかけるブーケにしたと、耳元で桜井先生が教えてくれた。不器用な空らも手伝っていたという。

「みんな、すてきなブーケをありがとう。大切にします。それでは、さよならと言っちゃうけど。また会うもんね。……あとね。みんなも十歳でしょ。いろんな悩みが出てくるよね。親になんか言えないよね。ゲームするなとか、うざいしさ。な、空くん」

子どもたちから拍手と爆笑が起こった。俺は続けた。

「だから、こんな俺でよかったら言ってね。ひとりで悩まないでさ。みんなとは一年のときから知り合いじゃん。ヒミツは絶対に守りますから」

また子どもたちは拍手してくれた。そのとき強く見つめられているのを感じた。視線の主は、翼ちゃんだった。保育園からの知り合いとはいえ、思春期になろうとしている女子だから、むやみには話しかけられない。家に帰ってから、さりげなく空に聞いてみようと思った。

この授業の終了後に、フィさんとほんの少しお話をしたいが構わないか、彼女に訊いてほしいと桜井先生に相談しておいた。フィさんに、空のしたことを親としておわびしたかった。

体育用具室で待っていると、軽やかにフィさんが入って来た。

「こんにちは。空くんのおとうさん。今の授業、楽しかったです」

「ありがと、フィさん。今日ここに来てもらって、ふたりだけでお話したかったのは、前に空たちがフィさんをからかったっていうより。いじめをしたでしょ。だから空の父親として、あなたにおわびをしたかったんだ。おわびしても簡単に許してもらえることではないけど。空のことを」もしまだ許せないのなら、きちんと空に謝らせたいと話した。フィさんは欧米人のように肩をすくめた。

「平気です。空くんとはサッカーをするお友だちだから」

「早く、おわびに行かせたかったんだけどね」

「あの日。空くん、うちに謝《あやま》りに来てくれましたよ。ひとりでママにも頭を下げてました」

「そうなの!?」

俺は、本当にびっくりした。

――あいつ、そんなことひとことも言ってなかったのに。

「だから、もういいんです」

この子の気持ちの大きさに感動した。


いつものように校長室でコーラをごちそうになっていると、桜井先生もやって来た。体験授業の成功を感謝された。北川校長からは、来年もと頼まれた。それよりも、と俺はフィさんのことをおふたりに話した。

「フィさんは、大人ですね。俺は、彼女から学んだ気がします」

ふたりの先生もうなずいていた。あの子たち小学四年生は十歳になった。人間から人へと成長しているのを、ひしひしと感じる。もがきながら成長しているのだろう。

廊下を先生たちが走っていく音がした。学校は卒業式に向けて忙しそうだった。

電動車椅子を低速にして、もうすぐ下校時間の校門を出ようとしていると、翼ちゃんが猛ダッシュして俺の手にメモを握らせ走り去った。なんだろうと小さなメモを開くと、〝すぐロケット公園に来て〟とあった。

――なんだ?

とりあえず車椅子の速度を上げて、ロケット公園に急いだ。なぜ翼ちゃんに呼ばれているのか心当たりはない。彼女のことは保育園から知っているが、優しいご両親と三歳年上の姉がいる。家族ぐるみの付き合いをしていた。翼ちゃんは、いつも空たち男の子といっしょに遊んでいる活発な女の子という印象しかない。いったいどうしたのか? とにかく俺はロケット公園へと電動車椅子を走らせた。

公園内をのぞくと一見、人影はなかった。そして滑り台の下から、手招きしているのが見えた。駆けつけると翼ちゃんは、公園内に誰もいないか見まわした。

「どうした翼ちゃん? 何があったの?」

「……空のとうさんは、絶対のヒミツ、守ってくれる?」

「あぁ。もちろんだよ。翼ちゃんとは、保育園から知り合いだろ。……もしかして空たちが、バサとか呼んでるから、それをやめさせてほしい相談かな?」

「ううん……」

「どうしたの? 言葉にしてくれないと、力になれないよ」

俺は背筋を伸ばして小首をかしげた。翼ちゃんは見上げるようにして言った。

「二年先を考えると、いやで仕方ないんだ。……どうしても」

こんな真顔の翼ちゃんを見たことがない。俺の手のひらが汗ばみ始めた。

「二年先？　もうすぐ五年生になって。来年は六年になるよね……」

じれったそうに彼女は叫んだ。その目には涙がにじんでいた。

「いやなんだ。中学の制服が……。どうしても」

――あ、そうか。

翼ちゃん。いや、この子は制服のスカートを穿《は》きたくないんだ。勇気を振り絞って話してくれている。頭をフル回転して言葉をさがした。この子にとっては、人生の一大事なんだ。それを俺に打ち明けてくれている。何と言ってあげたらいいんだろう。そして極力、軽い口調で言った。

「そんなに、今から二年先のことを悩まなくていいんじゃないか」

すると翼ににらまれ、怒った口調の言葉が飛んできた。うっすらと涙ぐんでいた。

「かあさんが、ずっと姉さんに言ってるんだもん。翼も、二年先に穿くスカートだから大切に汚さないようにって」

吐き捨てるような叫びだった。また俺は軽く言った。

「なんとかなるって。……最悪、中学なんか行かなくていいよ。でも相談はしなくちゃ。その道のプロに、おもいっきり話してみればいい」

翼は怒ったような安心したような、複雑な顔をしていた。

「じゃ、空のとうさん。どうしたらいいと思う?」

「学校の専門家だよ。北川校長と保健の日野先生、ふたりに話せばいい。……あの先生たちはスゴイぞ。子どもたちの幸せのためなら、きっと何でもしてくれる。絶対に」

詳しくは話せないけど、去年も困っていた子どもを助けたと話した。

「……そうなんだ」

「あのさ。ランドセルからノートと鉛筆を出して」

「えっ?」

「いいから、おじさんの言う通りに書きな。いいかい? いくよ」


**これはヒミツの相談です。校長先生と日野先生にだけ聞いてほしいです。**

**もし聞いてくれないと、もう私は学校に行きません**

「空のとうさん。私、学校好きだから行くよ」

「いいの。こういうときは、大げさに書くと解決も早いんだよ。続き書いて」

## つらくて考えると、死にたくなります

「とうさん。こんなことで私、死なないから」

「当たり前だろ。俺は、お前を絶対に死なせたりするもんか！　必ず守るさ」

まるで親子げんかをしているようなやり取りになった。お互いに少し笑顔になった。

「これを、どうするの？」

「最後に、四年二組と名前を書いて」

この手紙を家に帰ったら封筒に入れて、あした早く登校して校長室に投げ入れなさいと話した。そのとき突風が吹き付けてきた。彼女はノートを胸に抱えるようにした。俺のネクタイは肩に跳ね上がった。

ふたりで大笑いした。そして早く家に帰るよう翼を促した。駆けていく彼女を見送りながら大きなため息をついた。手に持っていたメモは、汗でぐじゃぐじゃになっていた。

——早く校長先生に電話しよう。

まだロケット公園には、子どもの姿はない。携帯電話を出して、学校にかけた。

「すみません。四年二組、西崎空の父ですが。校長先生は、お手すきでしょうか？」

電話の保留音を聞きながら、入学式のことを思い出した。あのとき翼は、赤いスカートのフリ

ルを引っ張り不機嫌だった。それが、あの子には言い知れず嫌だったのだろう

校長先生の声がイヤホンから聞こえた。俺は周りに誰もいないのを確認して、翼のことを話した。一語一句を正確に伝えた。北川校長は、いつもお父さん助かると言った。

——いったい俺は何者なんだ。

全身が筋肉痛になった。顔をゆがめて公園を出ると、空たちが遊びにやって来た。

数日後。昼間に、校長先生から電話があった。

翼と日野先生と、三人で話したという。調べたところ、ここの中学校は最近、女子の制服は、スカートかスラックスを選べるようになっているという。あの子が悩み不幸な事態にならなかったことを、あらためて感謝された。

ご両親には、日野先生が翼の悩みを話してくれることになったという。

# 小学五年生★校長がミステリーに挑む

春になった。ついに弟の海《うみ》も小学生だ。こいつもまた心配は尽《つ》きない。わが家で唯一、二重《ふたえ》の目をして可愛いが性格はとても頑固だ。けっして人に迎合などしない。わが道を行く。昔なら番長タイプでそれがいいのかもしれないが、小学校という仕組みについていけるのだろうか？　悪い想像がふくらむ。海は自分の尺度でノーと決め込んだら、きっと学校の決まりなどには従わないだろう。

北川《きたがわ》校長に海のことを相談したが、私たちはプロの教師だと一笑に付された。空《そら》くんの弟なら平気だとも言われた。しかしうちの兄弟にセオリーはあてはまらない。まったく別々の性格で、むしろ似ているところを探し出す方が難しい。

——やはり仕方ないのか。

そんな思いがふと頭の中をよぎる。

いま兄の空はゲームに夢中でのめり込んでいる。何かにつけては、じじばばに新しいゲームカセットを買ってもらっていた。俺の親ふたりは早くに亡くなってしまったが、美樹《みき》の両親はまだ六十代で共に元気だ。なんと孫がふたりとも男の子。とくにお母様の可愛がりようたるや、すさまじい。

それゆえ、むやみに止められず頭が痛い。せっかくの孫への好意を無下《むげ》にするわけにもいかず、婿としては困りどころだ。息子とじじばばの共同戦線に、俺は口をはさめない。ここは、先生に助太刀を頼むしかない。担任は持ち上がりで、四年生のときと同じ桜井麻美先生だ。空の性格をよく知っているし、一年のつき合いもあるので相談しやすい先生だ。もう五年生なのだから、勉強と遊ぶ時間の配分をするように話してもらおう。

——いったい親って何だ？

いろんな人に頭を下げ、お世話になりますと言いまくり、夫婦げんかのほとんどは子どもたちのことばかり。

時計を見ると午前二時すぎ、交通事故で障害者になった方の手直し原稿も締切りに間に合った。どうしてこんなに読む側のことを考えず、自らの主張を正当化する文章を書くのか、何度も首をかしげてしまう。わがままな臭いが強い原稿は大嫌いなのに、今はこの仕事しかない。

——この体じゃな。

イラストレーターの妻に、稼いでもらうしかない。ひものままでいるのは情けないが現実はきびしい。お金に関して重度の障害者は、どうしようもない。考えごとが多すぎると、マイナス思考に陥ってしまう。妻が心の問題を抱えている。こちらまで落ち込んではいられない。パソコンの電源をきり、寝どこの方に向かっていざって進んだ。そこには今夜も穏やかな表情をしている妻と、元気よく手足をそれぞれあらぬ方向に投げ出した息子たちが眠っていた。

——こいつらは、俺が守る。

そう思いながら妻の横に倒れ込んだ。この美樹も心配は尽きない。三か月前から二週間に一度、東京の心療内科のある大きな病院に通っているが、まだどんな病なのかもはっきりしない。主治医からは時間がかかると言われている。これからどうなるのかも見通しが立たないままだ。目に見えない病気は厄介だと思う。とうの本人が一番悩んでいるだろう。なかなか眠れずに大きくため息をついた。

海が、海の浜小学校に入学して三週間が経った。給食にも慣れ始めていた。

そんなとき海もふくめた一年生の六人がミステリアスな事件を起こした。海の教室を見ていると北川校長から呼ばれて校長室に入った。彼らのクラスを見に来ている親は、俺だけだった。

「空くんのお父さん。いや今回は、海くんだ」

謎解きを手伝ってほしいが、絶対に他言しないよう釘を刺された。締め切られた校長室は薄暗く、空気がよどんでいた。ここで缶コーヒーを飲んでいる先生を見るのははじめてだった。いつになく校長先生が苛立《いらだ》っているのが伝わってくる。そうとうな難事件なのだろうと勝手に頬がふくらんだ。海は入学早々にどんな事件を起こしたのか？

「……校長先生。海が何か」

「いっしょに真相を推理してほしいの」

「シンソウ？」

「今回ばかりは真相が見えてこなくて。参ってるのよね」

北川校長の話によると海の同級生、アベ君が入学祝いにもらった三万円を誰かに盗られたという。アベ君の母親は、公園で遊んだという同級生たちの名前をあいまいに列挙して弁償と謝罪を求めているらしい。その子たちに恐喝されたと息巻いているという。いくら何でも恐喝ではないだろうと北川先生は言った。そして海も、その場にいたと名前を挙げられているそうだ。

「先生。それって、いつのことなんですか？」

「たぶん入学してすぐのことだろうって。アベ君のお母さんの言い分はね」

「だってもう入学して三週間も経ってますよ。わが子の言ってることだけを信じる親なんて、おかしくないですか？　うちの海なんか自分に都合悪いことは、全部ごまかしますよ。俺に似て」

「私だってそうよ。それが人間心理ですもの」

それからの経緯を話してくれた。

アベ君の母親の想像によると、入学直後の四月十日、放課後に公園で遊んでいたアベ君は、海たち六人にお菓子をねだられた。彼は、親せきにもらった入学祝いの三万円の入った封筒を持っていたのでコンビニに行き、おつりは五人に脅されて盗られた。校長の管理不行き届きだとまくしたてられた。校長への要求は犯人児童の特定を急げと、期日をきられたそうだ。高飛車《たかびしゃ》な強談《こわだん》判《ぱん》だったという。

「わ。海がすみません。弁償します」

「お父さん。話を急がないで」

校長先生に、にらまれた。アベ君のお母さんから疑いをかけられている子ども六人から二回、話を聞いたという。しかし六人の話は支離滅裂《しりめつれつ》でまったく要領を得ず、真相が見えてこない。ひと月前まで幼稚園や保育園だった小一の子たちだ。当事者のアベ君まで突き詰めて訊くと覚えていないという始末らしい。校長先生は想像も交えて話を続けた。

入学して数日後に、アベ君と六人が公園に、約束したわけでもなく偶然、そこにいたのは確かだ。それからアベ君は近くのコンビニへと何人かで行った。ここから六人の話は迷宮をさまよう。ある子はセブンイレブンで全部使っちゃったと言い。ある子はマチオカだと言った。ただ利発そうな女の子は、アベ君が公園にいるおじいさんにあげたみたいだと言った。校長先生は頭をかかえた。真相は藪《やぶ》の中だが、小学一年生となるともっと厄介極まりない。

推理は続いた。ある程度のお菓子を買ってみんなで食べたとしても、三万円近い現金は、いったいどうなったのか？

ひとりの子はアベ君からお金をもらったと言っているが、それも幼稚園のときだと話しているそうだ。校長先生は警察にも出向いて尋ねてみたが、現金の遺失物が届けられることはまずないと生活安全課の警官に言われたそうだ。

「先生。海はそれで何と？」

「海くんは、すごいの」

「もしかして主犯ですか？」

先生は笑い出した。

「ううん。みんながぼくもお菓子を食べたというなら食べたし。……食べてないなら、食べてないそうよ。そしてね。北川えいる校長先生だって、そんなに前のこと聞かれても覚えてないでしょって言われたわ。まっすぐ目を見て言われちゃった」

「すみません」

海くんの主張は当然だと、北川校長は苦笑いして話を続けた。

「きのうや、おとといぐらい前のことならね」

「それで俺は？」

校長先生は考え込んだ。

「うーむ。……私のことは言わずに。さりげなく海くんに訊いてほしいの。アベ君と仲よしなのかとか。今回のことも、やんわりとね」

「……わかりました。けど海のやつは、入学前にも御相談した通り、俺に似たせいか頑固だし、へんくつな子ですから」

立ち上がり窓を開けて、北川校長は笑い出した。

「六歳の子たちに振り回されて、私も修行が足りないわね」

「ふふ。そうですね」

そのときドアをノックする音がして、桜井麻美先生が緊張した面持ちで入って来た。

「校長先生。よろしいですか？」

桜井先生があわてているのが伝わってきた。

一瞬、空が何かしたのかと緊張した。

「桜井先生、落ち着いて」

「うちのクラスの男子が、ハサミで女子の顔に傷を負わせてしまって」

俺は思わず目を丸くして桜井先生を見た。

「空くんじゃありません」

――よかった。

不謹慎なようだが加害者がわが子でないと聞き、思わずほっとしてしまった。

急いで校長先生は部屋から駆け出していった。

同時多発事件が発生した。北川校長の過激な日々がまた始まる。空と海のクラスだけでこれだけ事件が発生しているということは、俺の知らないところで、さまざまな問題が日々持ち込まれているのだろう。海のクラスの親など、俺からすれば明らかにモンスターペアレントで、むかしなら絶対にありえなかった話だ。今の校長先生は、こういった親のわがままにまで相手しなければならない。本当に気の毒だ。

校庭に出ると、空の教室の窓越しに、校長先生が奮闘している姿が見えた。ひとりの生徒に向かって何やら真剣に語りかけているようだった。

――がんばれ、北川えいる校長先生。

俺はそっと、エールを送った。

海の浜小学校を後にして、俺はそのまま家に戻った。そして家には上がらず、縁側の脇に車椅子をとめ、そこでしばらく時間を過ごした。水曜日は下校時間が早い。ほどなく空が帰ってきた。俺は縁側で電動車椅子を彼の方にターンした。すると帰ってきた空が、珍しくゲームを始めずに話しかけてきた。

「おとうさん。今日、うちのクラス、大変だったんだ」

「どうしたの？」

何も知らないふりをした。

「あのね。星《ひかる》がハサミを振り回してたら、アヤの顔に当たって」

詳しく空が見たことを訊《き》いてみた。その直前の授業は図工だった。複雑な切り絵づくりに星くんは苛立っていた。そして待ちかねていた休み時間になり、それぞれに遊んでいた。しかし運悪く雨が降り出して、いつもならサッカーをする子たちも教室にいたらしい。

事故はそのとき起きた。

星くんはほかの子の制止も聞かずハサミを手にし、ふざけて歌いながら踊っていた。その手が机から立ち上がったアヤさんの顔に当たった。フィさんがとっさの機転で、星くんの手からハサミを取り上げた。

突然のアヤさんの悲鳴に、みなが驚いた。廊下側にいた空は桜井先生を呼びに走った。フィさんたち女子は、アヤさんを支えるようにして保健室へと急いだ。彼女はパニック状態になっていたという。

「それでアヤさんのケガは？」

「わかんないけど。帰りに見たら保健室にいるみたいだった」

「みんな先生に叱られただろ？」

「帰りの会で校長先生が、顔にハサミが刺さったアヤさんの気持ちや、どれだけ恐ろしかったかを全員、考えなさいって。みんなに《考える》っていう宿題が出たんだ」

空はその日、ゲーム機に触らなかった。原稿用紙に向かって考え込んでいた。

夕方、買い忘れた食材を買ってきてくれと妻から頼まれた。ちょうど仕事で根《こん》を詰めていたので、俺は気晴らしも兼ね、すぐに外へと繰り出した。そして電動車椅子で駅近くの商店街に行くと、俺と同じくらいの年齢の男性におんぶされているアヤさんの姿を見つけた。そっと、ふたりの後ろについた。男性はお父さんに違いない。電動車椅子はほとんど走行音がなく、父と娘の話し声が聞こえた。

「アヤちゃん。怖かっただろ？　平気かい？」

「うん。……ねェパパ、アイスが食べたいな」

「わかったよ。じゃイオンのフードコートに行こうか」

「ねぇ。ふたつ食べていい」

「こら調子に乗るなよ。でもパパも食べようかな。ママには内緒だぞ」

ほのぼのとした会話に、電動車椅子の速度を落として離れた。アヤさんは入学当時から成長が早く大人っぽかったが、お父さんにおぶわれてアイスをねだる声は子どもだった。それに足や体のケガではないのに、おぶわれているアヤさんは幸せそうに見えた。

夜。海とふたりでシャワーを浴びた。アヤさんのケガの件は一件落着したようだったが、アベ君が三万円盗まれたという事件はいまだ未解決のままだった。とくに海は犯人扱いされているので、傷ついていないかどうかが心配だった。

「……海。小学校は、楽しいかい？」

海から返事はなかった。かさねて訊いてみた。

「どうしたの？　何か困ったことあるのか？」

「あのね。北川えいる校長先生から、アベ君のこと、何回もきかれるんだ」

「そっか」

「ぼく、その子と友だちじゃないし。わかんないんだもん」

「いいよ海。わかんないことは何回きかれても、わかんないって言えばいいさ」

この子は何一つ嘘を言っていないと思った。お金に関しても、お札より五百円玉をいつも欲しがる。万札を恐喝はしないだろう。これは冤罪事件だ。海たちのぬれぎぬを晴らすためにも、また探偵を続けなければならない。

——俺も忙しいな。

ふたりが寝てから、美樹に同時多発している事件のことを話した。

「海が入学してから、大きなお金を持っていたことはないよね」

「ないと思うわよ。だって海は、五百円玉が何でも買えるお金だと思ってるし」

「うん。やつが行きたいのは、お菓子のマチオカだもんな」

美樹はうなずいた。そして、

「私は海ぐらいのときのこと、なーんにも覚えてないんだ……」

誰しも幼いころのことは、そんなに明確には記憶してない。しかしまったく覚えていないとなると、そこには思い出したくない何かの理由があるのかもしれない。よく判らないが無意識の底にあるその理由が、なにかしら彼女の悪夢と関係があるのかもしれない。

どうやら美樹も、同じことを考えていたらしい。

「私って、ちょっとおかしいのかな?」

「例のことか?」

「うん」

「もしかしたら、忘れてしまった幼いときの記憶と何か関係があるのかもしれないね」

「いつも心療内科の先生に、ゆっくり思い出してみましょうって言われても、全然ダメなの。パパは？」

「俺はさ。ひねたイヤなガキだったから、けっこう覚えてるけど、嫌なことばっかりだから。……どうせ自分なんか重度の障害者だから何のいい未来もないって。そんな感じ」

「それでも、まるで覚えていないよりはずっといいわ」

美樹は腕組みをしてしばらく宙を見つめていたが、やがて肩が震えだした。

――やばい感情のスイッチが入っちゃう。

しかし感情を押し殺して悪夢を見るよりかは、逆に外に発散させた方がいいのかもしれない。

俺はただただ混乱しまくっていた。人間の複雑な心のメカニズムは到底、誰にも理解の及ぶところではない。

俺はしっかりと彼女の肩を抱きしめてやることしかできなかった。やがて美樹は、すやすやと気持ちよさそうに寝息を立てながら、深い眠りへと落ちていった。

――今日は、うなされないでくれ。

心の中でそうつぶやいていた。

次の日から海の恐喝事件について、わが子心配会に詳しく経緯《いきさつ》を書いてグループラインに載せてみた。一縷《いちる》の望みをかけてみた。校長先生からの強い口止めを裏切った。海に無実の罪を着せたくなかった。するとママたちのネットワークは力強いものがある。

やはり、わが子心配会はすごい。何人かが同じ目撃情報をくれた。

アベ君のおじいちゃんに関する情報が三人から来た。微妙な違いはあっても、ほとんどの内容が一致していた。おじいちゃんは無類《むるい》のギャンブル好きだという。アベ君の父方の実家は、賃貸マンションを何件も持っている。ほかにも手広く事業もしている。子どもが欲しがれば小遣いは言うままに与えているらしい。そんなアベ君を遊びに連れ出して、母方のおじいさんは遊興三昧《ざんまい》しているという。つまりこの事件の背景には、このおじいさんが見え隠れするということだ。だから、このじいさんについて徹底的にマークする必要がある。そして日曜の午後は、場外馬券売り場にいる。これは有力な情報だ。

——なんか、あやしいな。

車椅子探偵の復活だった。知り得た情報は、北川校長に伝えた。先生も俺と同じ意見で、真相解明のために協力してくれることになった。

日曜の昼下がり。京浜急行の日の出町駅近くの場外馬券売り場を見ていると、おじいさんに手を引かれたアベ君がやって来た。いっしょに物陰にいた北川校長は今にも飛び出していきそうだが、彼女を黙って引き止めたいと思っても俺の腕は動かない。先生は獲物を見つけた虎のように飛び出して行った。

——先生、まだ早いよ。

校長先生の短気さに首をかしげた。子どもたちには、ゆっくりと待って話すのに大人には容赦なさげだ。

アベ君は北川えいる校長先生の登場に喜んでいた。俺は、アベ君の気をひいた。

——あの子にとっては、きっと優しいおじいちゃんのはずだ。

祖父の、ぶざまな姿を見せるわけにはいかないので、アベ君をおじいさんから引き離そうと思った。

「アベ君。こんにちは」

「あ。海くんのおとうさんだ」

「あのさ。おじいさんと校長先生、お話があるんだって。だから電動車椅子に乗せてあげるからコンビニで、アイスを食べよ」

「うん。やったー」

俺はすぐ近くにあるコンビニに入ると、アベ君にソフトクリームを買ってあげた。そしてイートインのコーナーに連れて行き、ふたりして席についた。

アベ君は、ソフトクリームをなめることに夢中だった。そこからは窓越しに、おじいさんと校

長先生とのやりとりの様子がよく見えた
おじいさんは名刺を出した校長先生に、とても驚いていた。まるで時代劇のような光景だった。北川校長は事実関係を聞いているようだった。いや詰問していた。この先の展開は想像がついた。たばこ臭い場外馬券売り場の前でアベ君が持っていたお金を、今までもこうして無断で使っていた。校長は彼の家族に、その結果の一部始終も伝えているに違いない。このことをおじいさんの娘でもあるアベ君のお母さんが騒ぎたて、大変なことになっていると伝えたのだろう。

校長先生は険《けわ》しい顔になっていた。おじいさんは、しょんぼりとしていた。これで俺の役目も終わった。アベ君は毎週、おじいさんと野毛山《のげやま》動物園に行くのを楽しみにしていたようだ。

「これから、じいじと動物園に行くんだ」

「そっか。よかったね」

「うん」

アベ君のくったくのない笑顔はかわいかった。大人の事情でこの子を悲しませてほしくないとため息をついた。

九月になって運動会の練習が始まると、空は疲れ果てて学校から帰ってきた。訊いてみると「よさこいソーラン踊り」の六年生との一対一での練習が、毎日のように休み時間にもあり、

「おとうさん。もう限界だ」

そう言って空は居間に寝ころび、夕飯まで寝てしまう。運動おんちの彼には、そうとうきついのだろう。

夏休み明けの保護者懇談会で、桜井先生から説明があった。運動会の最後の演目は六年生の、よさこいソーランだが、

「この練習は一対一のペアになり、最上級生の六年生が、五年生に踊り方やマナーを伝授するんです」

われわれが卒業したあとは、お前たちが最上級生になるんだと意識させる儀式のような、つらい練習が日々続くということだった。

先生の話を聞きながら、まるで伝統芸能のような感じがした。本人は気づいていないようだが六年生との練習を続けているうちに、空は心身ともに男の子から少年へと少しずつ育っていた。それは父親として、とても嬉しい実感だった。

家族みな、いろんな変化の中で生きていると思った。妻の美樹も、一週間に一度、心療内科に通っているがさほどの変化はない。そう簡単に治るものではなさそうだ。海も日々の成長が見える。それに比べて俺は、

——なにしてるんだろうな。

そうつぶやき、空に不自由な手でタオルケットをかけてやった。

運動会のころから海とアベ君は放課後、いつのまにか毎日遊ぶ仲になっていた。子どもたちの人間関係は複雑でよく判らない。

パソコンで原稿を書いていて、ふと視線を感じ縁側を見た。するとアベ君が立っていた。海を呼んで、お菓子とジュースを取ってこさせた。縁側はピクニックのようになった。そしてアベ君から訊かれた。

「海くんのパパは、ずっとここにいるのか？」

「そうだよ。パソコンでお仕事してるから」

「ふーん」

お菓子を食べながら、海がポツリとつぶやいた。

「おとうさんは、すごいサッカなんだ」

「え。本当。どこのチーム？　だけど……」

海もコミニュケーションがちぐはぐなことになんとなく気づいていたが、俺は後ろで聞いていて吹き出しそうになった。とにかく海が俺のことを自慢してくれたことが嬉しかった。アベ君が言った。

「いいな。うちのパパは、いつもいないから」

「そうなんだ」

少しかわいそうな気もした。するとアベ君から唐突に訊かれた。

「ねえ海くんのパパ。リコンって何？」

「どうして？」

「うちのパパとママ。リコンすんだって」

アベ君の澄んだ瞳で見つめられた。言葉に詰まった。

「うーん。別のおうちに住むってことだから、アベ君のおうちが二つになるってことじゃないかな。きっとそうだよ」

ほかに答えようがなかった。

お金持ちの家に生まれ恵まれ、いい環境で育ったアベ君にも、これから厳しい現実が待ち受けているのだろう。しかし彼はまだそのことに気づいていない。無邪気に「リコン」について聞いてくるアベ君があわれに思えた。

——がんばれアベ君。

これからも俺は、君を応援していると心の中でつぶやいた。

数日後のことだ。そっと海のクラスをのぞいていると、後ろから校長先生に小声で話しかけられた。

「お父さん。お見せしたいモノがあるから、あとで校長室にいらして」

「あ、はい」

――また事件か？

急いでエレベーターに乗って校長室へ行くと、笑っている北川先生から折り紙を見せられた。何だろうと近づいた先生が手にしている折り紙には、笑顔が描かれていた。

「これ。けさ海くんが私にって、わざわざ持って来てくれて」

意味が判らず生返事をすると、校長先生は折り紙を見やすいようにしてくれた。そこには笑顔の校長先生らしき顔があった。笑いをかみ殺して先生は言った。

「ところがね。お父さん。広げると、鬼の顔になってるの」

開いた折り紙は、だまし絵になっていた。思わず驚いて頭を下げた。

「わ。すみません」

「いいの。でも海くん。私の本性、よく見抜いてるのよね」

「いや、そうじゃなくて……」

「私は嬉しいの。海くんが、今まで見たことがない笑顔でこれを持ってきてくれたのよ。校長先生がどんな顔するか、とっても楽しかったに違いないわ。ひさしぶりに教師冥利《みょうり》につきる気がしてね。……この折り紙は宝物にするわ」

どう答えていいのか、久しぶりに冷汗が背中を流れた。


三月になると十日後に、六年生は卒業した。

空はこの一年で身長が五センチ伸び、体重も三キロ増えた。夜は二階の自分の部屋で寝るようになっていた。ただ学年が上がるごとに、彼との会話は少なくなっている。話しかけても返事すらなく、いったい何を考えているのか判らない。親が、うとましい年ごろに成長しているのだろう。体と心のバランスの悪さに、戸惑っているのかもしれない。

それに行動範囲も広くなり、外で誰と何をしているのか俺には知る術もなかった。もし強く訊いても、空は話さないだろう。そこで彼の帰る門限だけは夜七時と約束した。だが最近、それを二十分過ぎて走っているのか、息を切らし帰ってくる。

どうしたのか一度尋ねたが、それにも空は無言だった。

妻の美樹はとても心配していた。そして俺に、空が何をしているのか訊いてほしいと言うが、どう話せばよいのか妙案は浮かばない。

数日後の夕食は、空の大好物のカレーだった。これは好機到来だ。家族みんなで、いただきますをして俺は話しかけた。

「なぁ空。最近、どうした？　帰りの門限過ぎとるけど」

するとと突然、空はちゃぶ台にスプーンを叩きつけるようにして言った。

「お母さんが思っているような悪いこと、おれしてないから」

美樹は驚いて目を丸くした。空は乱暴にカレーをたいらげ、すぐに自分の部屋へと階段を駆け上がっていった。

驚いた美樹は立ち上がり空のあとを追おうとするのを、俺は制した。

「美樹、やめな」

「だってパパ。あの態度はないでしょ。私が何したの？　親が子どもを心配するのは当たり前じゃない」

頬を紅潮させた美樹は自分を落ち着かせようと、お茶を飲んだ。俺は泣き出しそうな顔の海に、優しく言った。

「あにさんは、お年ごろだからね。きっと第二次反抗期かな」

それにしても空は、どこで何をしているのか気がかりだった。親としては、どうしても悪い想像が頭の奥でふくらむばかりだった。

俺は今年になって二か月以上経っているのに、寒いのを自分の中で言い訳にして、学校に顔を出していない。それぞれ子どもたちのクラスも落ち着いていた。あえて出向いていく必要がなかった。それでも担任の桜井先生にはお会いして、お礼を言わなければと思っていた。

空を四年生から二年連続で担任してもらい、成績もよくなり、親としては感謝していた。三年続けて、桜井先生が担任になることは。もうないだろう。電話をかけようかと考えていた。

そんな翌週のことだった。この空の門限やぶりの、本人が話さない理由は、とても意外なものだった。

ゴーストライターを頼まれた打ち合わせの帰り、学校が終わる時間を一時間過ぎていた。この時間なら、空や海と出くわすことはない。夕方の寒さのせいか国道は車も人通りも少なく、歩道を進む電動車椅子は運転しやすかった。

――久しぶりだな。

まだ校門は人が通れるほど開いていた。俺は車椅子を止めずに進み、校長室の前までたどり着いた。だが扉に掛けられた小さなホワイトボードは〝出張中〟となっていた。すると桜井先生が、笑顔で職員室から出てきた。

「校門のモニターに、お父さんが見えましたよ」

「先生。空がお世話になります。あいつ何か問題起こしていませんか？」

「何もないわよ。でも伝言を頼まれているの。……ご不在だから、校長室をお借りしちゃいましょうか」

何となく嬉しそうな桜井先生は、俺を校長室に手招きした。そして小型の冷蔵庫から、北川校長からだというコーラを取り出し、ストローをさしてくれた。そのペットボトルには〝西崎さんへ　お待ちしてました〟と、校長先生のメッセージが貼ってあった。

「桜井先生。この二年間。空が本当にお世話になりました。ありがとうございます。妻からも、くれぐれも先生に伝えてほしいと」

「それよりもお父さん。空くん、すごいのよ。放課後キッズクラブの職員から、ご両親に感謝を伝えてほしいって報告があったの。校長先生も驚いてらしたわ。でもこの話、空くんは知られたくないだろうからナイショね。……きっと私。空くんと同世代だったら、彼のこと好きになっちゃうな」

ますます俺には、空が何をしたのか想像もつかなかった。

椅子に座った桜井先生は笑顔で、空の話を続けた。なんと彼は、お父さんになってほしいと頼まれていた。

「え。あいつが、お父さん⁉」

「そうなの」

ある一年生の男の子が、働いているお母さんの都合で、夜七時まで放課後キッズクラブにいる。片足が少し不自由な男の子だという。

「さすがに小説家のお父さんでも、ここから空くんがどうして本気で〝お父さんになって〟ほしいと頼まれているのか、わかります？」

「いやぁ。わかりません。先生、降参です」

本当に桜井先生は、嬉しそうに話してくれた。

「それがね」

この海の浜小学校では日常的に、五、六年生は一年生の面倒をみる習慣があるらしい。空も、去年の春に入学してきた男の子を担当していた。この子のお世話役と決められるのではなく、高学年の希望者が一年生のクラスに行き、教室の掃除《そうじ》を手伝う。また学校の決まりなども教えながら、いいお兄さんお姉さんとなり、一年生たちを学校になじませていくという。桜井先生は早口になり続けた。

「ここからドラマみたいなのよ」

空になついた男の子は左足が少し不自由で、家族はお母さんだけだった。学校の帰り彼は、放課後キッズクラブで毎日、夜七時までお母さんの迎えを待っていた。空も、それを気にかけていたのだろう。

空は今年になってから、ずっとこの子のために夜七時前には放課後キッズクラブに駆けつけていた。

「お母さんのお迎えを男の子といっしょに待って、それから自宅まで三人で帰っているんですって」

桜井先生は、俺を見てほほえんだ。

「そうでしたか」

「その帰り道で、空くんはね。男の子が足を痛がると、おんぶしてあげるんですって。……そして男の子は、空くんに毎日〝お父さんになって〟と、お願いしてるそうよ」

キッズの職員にその子のお母さんから、空くんのご両親にお礼を伝えてほしいと、北川校長に報告があったという。そして桜井先生はもう一度言った。

「私。そういう空くんのこと好きだな」

「……ありがとうございます」

担任にまで男性として、空は好かれている。その男の子からもお母さんからも、空は必要な人間に育っているのなら、父親としてこんなに嬉しいことはない。涙が出そうなほど心の中が、あたたかくなった。

それから校門まで、桜井先生と談笑しながら進んだ。俺は車椅子をターンさせ、あらためて先きた。


生に深々と頭を下げた。それは学校という仕組みへの、すべてに感謝する気持ちからだった。

もう暗くなった道を、俺は笑顔で家に帰った。縁側に車椅子を着けると、美樹が気づいて出てきた。

「遅かったわね。パパ」

「今、何時？」

「六時半過ぎだけど」

俺は桜井先生から聞いた話を思い出して、つい笑ってしまった。今ごろ空はどこかで遊んでいても、急いでキッズクラブに向かっているだろう。その姿が見えるようだった。

首をかしげながら美樹は、俺の体を車椅子から縁側に引っ張ってくれた。

夕食の支度ができたとき、空が飛ぶようにして帰ってきた。俺は強い口調で言った。

「おい空」

「たった三十分、遅くなっただけだろ」

「四月からは六年生だろ。……だから、あしたから門限は夜の八時な。守れよ」

「え？」

意外な門限の延長に、空は驚いていた。不服そうな美樹は、俺ににじり寄って来た。

「パパ、何言ってるの。空は、今だって門限を守っていないのよ」

「んー」

海も口をはさんできた。

「ぼくは何時？」

「うみは、かえりましょってなったら。ちゃんと帰ってきなさい」

「ずるいな。おにいちゃんばっかりさ」

本当のことは、美樹にも話さないでおこう。俺は、なんていい家族に恵まれたことか。空と海、そして美樹に感謝の気持ちでいっぱいだった。

# 小学六年生★正しい大人って何？

空《そら》にとっては、いよいよ小学校の最終学年を迎えた。海《うみ》も二年生になる。ふたりとも一年生のころは保育園を出たてのよちよち歩きの状態で、六年生のお兄さんお姉さんたちがものすごく賢そうで大人びて立派に見えたことか。それはついこの間のことのように思われるが、空にいたっては新入生が入ってまもなく行われる集団登校の折にも、俺はまた探偵のまねをしてこっそりと後をついていったが、今度は、空が大きなランドセルを背負った小さな一年生を、てきぱきと的確に指示していた。その成長が嬉しい。

また海も一年を経て、ようやく学校生活に慣れてきたらしく、嫌がることなく喜んで毎朝登校していた。わが子心配会は、空のクラスの親たちが中心になってスタートしたが、海と同じくちょうど四つ下の弟や妹をもつママさんたちが何人かいて、今度は彼女らが中心となって海のクラスにも、わが子心配会が結成された。俺は、いつのまにかこのグループのリーダー役に祭り上げられていた。学校に来ていた頻度がほかの親たちよりも多く、校長先生とパイプをもっていることがそれとなく知れ渡り、いつしか頼られる存在になっていた。

六年となると勉強の方もだんだんと難しくなり、中学受験に邁進する子どもたちもいた。また空たちは、のびのびとした小学校生活を満喫していた。

勉強ぎらいの空は、塾に行きたいとは言わなかったがイオンの中にある絵画教室に行きたいと自分から言い出した。やはり美樹《みき》の血を引いたらしく絵にはとりわけ関心が深い。親バカかもしれないが、同年齢の子どもたちに比べて絵に才能があるように思えた。この先どんな道を歩むかは子どもたち次第だが、親としては彼らの才能の開花を邪魔だてすることなく、のびやかに育ってほしいと願うばかりだ。幸い空も海も、親の経済事情を知ってか知らずか、あまりお金のかかるような習い事をやりたいとは言わなかった。

こうして春には修学旅行。夏休みは近くの浜辺で一日中過ごし、真っ黒になっていた。

季節は色を変え、秋に向かっていた。担任の二宮芳郎《にのみやよしお》先生は長身で、いかにも兄貴肌で子どもたちからの信頼を集めていた。お隣の二組はご縁なのか、入学式のとき空に付き添ってくれた岩《いわ》田瞳美《たひとみ》先生だった。

それでもここまで来て、また事件が発生した。さりげない空の一言でそれを知った。彼はごく自然に反抗期を突き進んでいた。父子の会話などほとんどなかった。よほど、それが気になったのだろう。空が、おずおずと訊いてきた。

「ねえ、おとうさん」

「珍しいな。どうした？」

少し迷ってから彼は言った。

「恋って何？」

「うーん。なんだろうな」

「おとうさん。鳴かず飛ばずでも作家だろ。恋ぐらい説明してよ」

うつむいて笑うと、空は怒った。

「もういいよ」

「ちょっと待てよ。その言い方だと、友だちが《恋》をしたんだろ」

驚いて空はこちらを見た。

「え。なんで分かるの？」

「いちお鳴かず飛ばずでも、作家なもんで」

言葉少ない空の情報をかき集めて全貌を組み立ててみた。同じクラスのイケメン男子と、浜口《はまぐち》幸《さち》さんが密かに学校でキスを二回したらしい。ふたりに空が訊くと、恋をしていると言われたそうだ。来春から違う中学に行くのが悲しいと、幸さんは女子たちに泣いて話しているという。

照れくさそうに、空が訊いてきた。

「ママとは、恋したの？」

間を置かずに答えてやった。

「はい。美樹とは、世界中の誰にも負けない最高の恋したよ。サンタモニカの海で出会って恋に落ちて、今にいたるって感じだ。そして空がいる。海もいる」

恋だ愛だと、空も育ったものだ。心身とも健康に育っているのが心配でもあり、とても嬉しかった。六年前には、あの子たちから《恋》などという言葉を聞こうとは想像もつかなかったのに、今では恋をしている。よくぞ成長したものだ。とくに幸さんは真剣に結婚まで考えていると、空が女子から伝え聞いたうわさを教えてくれた。

――もう結婚まで⁉

おしゃまな子だけのことはあると感心した。そんな幸さんのことをご両親はまったく知らないのだろう。これも妻の美樹には内緒にしておこう。

――さて、どうしたもんか？

たとえ子どもでも人の恋路を邪魔する気はないが、幸さんの思い込みの強さが少し心配だった。しばらく遠ざかっていた学校を見に行くことにした。

もう高学年になると、それほど心配はなくなる。わが子心配会のグループラインも、中学の制服をどこで買うのがお得か、そんな内容になっていた。

空は他人《ひと》に暴力を振るうタイプではないから、最近は何も注意していない。空、波晴《なみはる》、星《ひかる》たちが遊んでいるのを見かけると、まるでカピバラたちの楽しい集まりに見える。皆一重《ひとえ》の目をして、体型も似ていた。遠くからでは見分けがつかない。この子たちは気が合うのだろう。

校舎三階。六年生の教室へと車輪を進めた。わが子のことが気になるので空のクラスの前に行った。すると卒業アルバムの話し合いをしていた。

黒板にスクリーンを下して、パソコンのデータをプロジェクターで映写していた。

一年生からの写真が次々と映し出されていた。どの写真をアルバムに載せるか、怒号に似た意見が飛び交っていた。二宮先生が立ち上がった。先生の背の高さのせいもあり、子どもたちは静かになった。

「みんなさ。どの写真がいいとかダメとかじゃなくて。卒業アルバムは将来まで残るものだからな。成長の記録として、どの写真にするかで選びましょう」

しかしまた個人的な理由が飛び交っていた。そっと電動車椅子を動かして、隣のクラスをのぞいた。こちらも同じようなことになっていた。岩田先生は声を大きくして、いさめていた。この先生とは今まで立ち話ぐらいしか話したことはない。それでも教壇に立つ彼女は、きりりとして大きな目には力があった。そして静かな話し合いになった。

俺は車椅子を静かに移動させ、教室後方の開いていた扉から気づかれないように幸さんを見ると、心なしか元気がない。いつもの、おしゃまな幸さんではなかった。

――やっぱり恋の悩みか？

すると北川《きたがわ》校長から、そっと肩をたたかれた。ひそひそ話になった。

「空くんのお父さん。ご無沙汰です。最近、ぜんぜん学校にいらっしゃらないから」

車椅子をターンさせて階段の隅へと進んだ。

「すみません。空も海も、なんか落ち着いたみたいだから」

「そうね」

「でも。ほかの子のことで、ちょっと」

久しぶりの校長室で、空から聞いたままを話した。

北川校長は腕組みをして、うつむいてしまった。お伝えしない方がよかったかと後悔したが言ってしまったことは戻せない。やっと先生が沈黙を破った。

「なつかしいな初恋か。胸キュンよね。……私は、中二だったわ」

「は？」

「いいじゃない。……ただ楽しい恋愛をしてほしいわよね」

拍子抜けしていると、校長先生がこちらを見て微笑んだ。この笑顔はまずい。何か頼まれる前兆だ。逃げてしまいたいが車椅子ではそれが出来ない。

「お父さん。卒業にあたって課外授業をしてみたら」

「えっ！　無理ですよ。それにおととし車椅子の体験授業をやったじゃないですか」

「あのときは、子どもたちに車椅子に乗るという体験をしてもらっただけでしょう。あれはあれでとてもよかったけど、今度はお父さんのホンネや人生観を子どもたちにぶつけてほしいのよ。お父さんは普通の人たちとは違った経験をたくさんしているはずだから、それを聞くことは、子どもたちにとって、とても貴重な経験になると思うの」

それでも俺が渋っていると、

「平気、平気。校長って意外と裁量権あるのよ。私がＯＫすればいいんだから。お父さんだって六年間、ずっと育ててきた全員が、わが子みたいなものでしょ。どちらのクラスも、六年生のみんな」

「まあ、そうですけど……」

確かにそうだった。どのクラスもみな名前が判る。転校して行った子のことまで覚えている。

「でも北川先生も手伝ってくださいね。何を話せばいいのか。どういう内容とか」

校長は笑って返事をごまかした。そのとき先生は、副校長に呼ばれて職員室へと行った。半開きのドアから北川校長が見える。そのほかの先生と話す顔は、すごみがあった。

――わお、子どもや親たちには見せない顔もあるんだな。

校長先生の今までは知らなかった一面を見た。学校長は、役所で言えば課長だという。現場をあずかる中間管理職は大変だ。そんなことは微塵《みじん》も見せず校長先生は、笑顔で戻って来た。また、ここで話すことは他言しないように釘を刺された。

「今、警察からの電話で、うちの女子がSNSで男の人から呼び出されたらしいの」

「え!? で、その子は……」

「何事もなく、無事に保護されたらしいけど。詳しいことは、これから警察に行って聞いてくるわ」

「先生も、学校の外で起こったことにまで対処しなければならないなんて、なんか大変ですね」

「本当よ。スマホだなんだって、世の中は便利になったっていうけど、その分しわ寄せがこっちにきちゃうの。おかげで校長の仕事がずいぶん増えたわ。それじゃ六年生への課外授業のこと、いいお返事待ってますから……」

そう言って北川先生は校長室から飛び出していった。俺は、本当に頭が下がる思いがした。そして校長先生の役に立つことなら、俺にできることは何でもやろうと改めて思った。だから課外授業のことも、腹をくくることにした。

年が明けると、美樹のヒプノセラピー（催眠治療）の結果が出た。二週間に一度、東京の心療内科に通い二年半が経っていた。空と海もお母さんのためならと、ふたりして放課後クラブで待っていてくれた。

臨床心理士の先生は前置きなく話し始めた。この女の先生には、なにやらベテランという風格があった。

「発作の原因が判明しました。奥様の希望で、おふたりにお話します」

先生はカルテを開いて話を始めた。

美樹の幼少期。彼女のお母さんは何度も流産を繰り返しながら、男の子を切望、いや狂おしいほど渇望していた。そこには姑から、家のために何が何でも男子を産むように責められ続けていた背景があった。そして次第に美樹の中に、自分は不要な存在なのだと《自己否定感》が強まったという。男に生まれなかった自分は愛されない存在だとの思いが強まるばかりだった。

――そんなことあるんだ。

その結果、生理が来るたびに妊娠していない事実におびえ、激しい情緒不安定となり、手をつないで寝ている美樹に爪をたて傷つけていた。それが、いつのまにか美樹自身も生理が来ると悪夢にうなされ、俺を傷つけてしまう結果となっていたという。少女時代の美樹の悲しい顔が、心の中いっぱいに広がった。なんという悲劇だろう。先生の説明では、美樹の母親は歪んだ母性を持ち、苦しんでいたのではないかと補足説明してくれた。

――ああ、だから二十八日周期だったのか。

カルテから先生は顔を上げて言った。

「ここまでで何か、ご質問はありますか？」

すかさず俺は訊いた。

「妻は、治るんですか！」

「ええ。すでにいい方向に向かっていると思いますよ。ご主人のおかげで」

「………」

「奥様のようなケースは、圧倒的な理解者がそばにいることが治療には一番重要なんです。大きくて揺るぎのない頼れる存在が」

泣きながら美樹が口を開いた。

「主人は、私のすべてを受け入れてくれるんです。……最高の人なんです」

顔をほころばせて先生が言った。

「美樹さんは、お幸せね。……私も仕事柄、いろんなご夫婦にお会いしますけど。患者さんから、こう言われるご主人はそういませんよ」

カルテを閉じながら微笑んで先生は、俺を見た。あとを任された気がした。

ふたりで帰りにイタリアンレストランに入った。ほっとした様子の美樹はビールと、カクテルも飲んだ。よほど安心したのだろう。晴れ晴れとした顔をしていた。

数日後の夕方。フィさんと沙絵《さえ》さんの家が同じマンションだと知り、わざと電動車椅子が見えるようにして、ふたりを待ち伏せした。

案の定。沙絵さんが先に気づいて駆け寄って来た。フィさんも歩を速めた。

「空くんのおとうさん。こんなところで、どうしたんですか？　何か困ってるんですか？　お手伝いすることありますか？」

「ありがとね」

フィさんも横に来た。もう単刀直入に訊いた。この子たちは賢いから回りくどい訊き方は必要ない。

「あのさ。幸さんの、恋のうわさなんだけど」

口ごもって言うと、ふたりはふくみ笑いをした。フィさんが耳打ちしてくれた。

「幸さんが、ナンジャクな彼とは別れたって言ってました。先週です」

すると沙絵さんが大人びた口調でぽつりと言った。

「恋が終わると、女はきれいになるのって、今日、幸さんそう言ってましたよ」

「そ、そっか。ほら、うちは女の子がいないから。うわさが気になっちゃってさ」

ごまかすのに声が上《うわ》ずった。ふたりに口止め料としてお菓子を渡した。

――さすが、おしゃまな幸さんだな。

帰り道。なぜだか笑いが止まらなかった。十数年後の、彼女のきれいなウエディングドレス姿が見えるような気がした。あの子は幸せになると思えた。


岩田瞳美先生に手招きされ電動車椅子で、職員室に入った。

「ごめんね。お父さん。今、校長室も会議室も来客があって」

「いいんです。この学校に六年間、通ってますけど。職員室に入れていただくのははじめてだから」

「そうなんだ」

「ここ、見回すだけならいいですか？　書類とか触らないし、いや触れないけど」

俺の真剣な言い方に、けらけらと岩田先生はお腹を抱えて笑った。うける気はなかったが、はまったらしい。

「お父さん。うけるわ。お腹痛い。……なんでも見ていいですよ」

北川校長からこの課外授業は、岩田先生と俺に任されていた。彼女は笑いがおさまったところで、校長先生からの差し入れだというコーラを二本出してくれた。あたりまえにストローがさしてあった。

「ストローも校長先生からです。私も、いただこうっと」

六年生全員に、授業をする日時は決まっていた。卒業まで二週間前の午後だった。大きな目で岩田先生はこちらを見た。少しドキッとした。どうも俺は目の大きな女性に弱い。

「でもお父さんは、お仕事でも講演会慣れてらっしゃるから、べつに打ち合わせはいいですよね」

「いや岩田先生。何を話せばいいのかな？　うちの子もいるんだもん。今から緊張してるんです」

「それじゃ、このあいだ新聞のインタビュー記事を切り取っておいたんですよ」

小走りに岩田先生は、自分のデスクから記事を手にして戻った。

「これなの。作家で精神科医のこれ、なんて読むのかしら？」

インタビュー記事だった。

「なんだっけな。何冊か読んだことありますよ。映画にもなった何とか病棟とか、たくさん本あります」

「それって。主役はお笑いの大御所さんですよね」

「確かそうです」

インタビュー記事の内容は、ネガティブ・ケイパビリティーという馴染《なじ》みのない言葉だった。ざっと大きな活字だけ見ると、負の能力ということらしい。岩田先生はこのインタビュー記事を読んで、子どもたちの将来のためにも身に付けさせたい大切な考え方だと思ったという。俺は彼女をのぞき込むようにして訊いた。

「岩田先生。この負の能力って、なんとなく分かる気がするけど、むずいね」

先生は新聞を広げ、小声で読んだ。

「ネガティブ・ケイパビリティ（負の能力）とは〝どうにも答えの出ない、どうにも対処しようのない事態に耐える能力〟。性急に証明や理由を求めずに、不確実さや不思議さ、懐疑の中にいることができる能力〟のことです。通常は、能力（ケイパビリティ）というと物事の処理能力、つまり問題を〝解決する〟という積極的（ポジティブ）な能力を、私たちは想像します。しかし、解決をいったん棚に上げ、より発展的な深い理解に至るまでじっくり模索し続ける。そうした〝中《ちゅう》ぶらりんの状態〟を……」

思わず俺は口をはさんだ。

「んー。先生。意味わかる？　話す相手は、空たち六年生だよ」

「でもね。お父さん。もうすぐ卒業して私から離れていくあの子たちが、複雑な社会に出ても困らないように、これを伝えたいの。どうしても。……現実って甘くないからさ」

教師、そして社会人になり七年目にして実感していると、彼女はこちらをまっすぐに見据えて話し続けた。

「どうしても教師って、決まり事を教えるじゃない。教科書通りに。テストだって、○か×して、で何点って。……すっごく頑張っている子どもなのに、その答えが間違っていれば、×するしかなくて」

「でも先生は、それが仕事ですもんね」

「けど大人になると、悩みのほとんどが○×。白黒つけられない事ばかりなんですもん。実社会っていうか。現実は」

「ああ、言われてみればそうですね」

心の中で、障害者として生きるのはそんなことばかりだと、お伝えしたかった。

椅子に座ったまま岩田先生は、電動車椅子ににじり寄って来た。

「だからお父さん。このネガティブ・ケイパビリティを、子どもたちに分かりやすく」

「えっ!?　先生。それは無理ですよ。いくらなんでも」

「平気、できます。お父さんなら、大丈夫」

大きな記事を分割して岩田先生はコピーしてくれた。それを車椅子のリュックにしまってくれた彼女は、お父さんのお話を私が一番楽しみにしていますと言った。そしてもう一つ話を続けた。

情報通のお父さんだから、と前置きをした。少し口ごもって先生は言った。

「……うちのクラスの女子と」

にやりとして答えてあげた。

「その恋はもう終わったそうです。相手の男子がナンジャクで、女子から三下《みくだ》り半《はん》を突きつけたそうですよ」

あっけにとられた顔の先生は思わず笑い出した。

「岩田先生。女子はやるもんですよね」

「そうね。負けてしまうわ」

彼女の恋模様も訊きたい衝動にかられたが、ここは学年の職員室だと口をつぐんだ。

音楽室に、六年生全員が入って来た。それぞれ防災頭巾を手にして座布団として床に座った。欠席者はいないと岩田先生が耳打ちしてくれた。空は複雑な心境らしく一番後方にしゃがみ込んだ。最前列には、フィさんと沙絵さんが微笑んで、電動車椅子の俺を見上げていた。小声で沙絵さんが言った。

「空くんのおとうさん。ネクタイ、すてきですよ」

うなずいて返事した。この気遣いの言葉は、沙絵さんらしい。北川校長も後方のドアからそっと耳をそばだてていた。それにわが子心配会の、ママたち三人が来ているのが見えた。けさ携帯電話を見ていないが、きっとグループラインで俺が課外授業する情報が流れたのだろう。

——ママさんたちも見ているのか。

俺は少し緊張して、心の中でため息が出た。

——とにかく子どもたちだけを見て話そう。

チャイムが鳴り一組の日直の女子が立ち上がった。それを制して、岩田先生が子どもたちの前に立った。

「これから西崎武志《にしざきたけし》さんの。いや空さんのお父さんだけど、みんなを六年間、いろいろ見守ってくれた方だよね。だから卒業にあたって忘れてほしくない事を課外授業していただきます。……実は私がね。とても難しい内容を大切な事だから、みんなに分かりやすく話してほしいと頼みました。では、あいさつしましょう」

子どもたち全員が、よろしくお願いしますと言った。その弾ける声を聞いて、考えておいた言葉が消えてしまった。それでも何か言わなくてはと焦った。

俺は、子どもたちの顔を眺めながら、おもむろに口を開いた。

「今日は勉強ではないから、みんな気楽に聞いてください。だから先生方も子どもたちに、たとえば態度とかを注意とかしなくていいです。……あと途中で質問とかがあったら手を上げて訊いていいからね」

仕事での講演と同じく自己紹介から始めた。産まれてすぐに泣かず、脳に酸素が行かなくて重度の脳性マヒになったこと。小学生になる前から自分は障害者で働けないから、全部をあきらめたこと。それでも養護学校の高等部で演劇に目覚めたこと。役者は歩く役はできないから、ドラマのシナリオを書き始めたこと。それでも、まったく原稿が採用されなかったことを話した。おおまかに体の説明もした。

子どもたちの反応は上々だった。途中から、空もこちらを見ていた。

「それじゃ次の話するね。みんなが、とても興味がある。恋愛と、ＳＮＳのことです」

女子たちが一斉に俺を見た。そのまなざしは痛いほどだった。

「ツイッター、インスタグラム、あとラインも。うまく使わないとダメだからね。誰かの写真を勝手にアップしたり。グループラインで誰かをバカにしたり。ツイッターで知り合った人と、たった一回でも会うなんて絶対にしちゃダメだよ。とくに女子たち。いいですか！　相手に、しつこく欲しがられても自分の写真とか送ったら終わり。最悪、殺されちゃうこともあるんだから」

そう強く言った。見知らぬ男とのやり取りを心当たりがあるのか、とっさに何人かの女子が顔をそむけた。

「あとさ。時代が変わって。性別の考え方とか、恋や恋愛もさまざまなカタチを世界が認めています。……たとえ話だけど。俺が空の担任の、男同士だけど二宮先生を愛してしまってもいいんです。ただね」

本当の愛は、相手が幸せで笑っていてくれたらそれでいいと願うこと。どんなに自分の心がせつなくて悲しくて辛くても、それはおいといて相手が笑顔でいてほしいと心底思うのが本当の愛だと伝えた。そして体は男で、心は女の子でもいい。逆でもいい。

「男子がスカートをはいてもいいんだよ。そういう人をいじめたりバカにするヤツは、もう世界というか、時代に置いていかれるぞ。わすれんなよ」

えっと嫌な顔をする男子もいた。翼《つばさ》は、まっすぐに俺を見ていた。

「で。ここからが本題です。みんなに約束してほしいんだ」

星《ひかる》くんが手を上げた。みなが彼に注目した。

「何を約束するんですか？」

俺は、星くんを見つめて強く言った。

「ぜったいに何があっても、みんなには首吊りとか自殺をしないでほしい。カッターで手首とかを切るのも絶対にしないでください」

意外だったのか。音楽室は静まり返った。全員を見回して話を続けた。

「もったいないじゃん。みんなは手足が思う通りに動くんだからさ」

あえて普通という言葉を使わなかった。自分の中でその概念が判らなくなっていた。だから、今日は使うまい。また星くんが手を上げた。

「何？　星くん」

「空のとうさんは、自殺しようと思わなかったのか？」

「思ったよ。何回も自殺しようと思いました。でもね。手が動かないから首吊るヒモも持てないもん。台所の包丁も立てないから届かない。睡眠薬があったとしても自分では飲めないし。そうだ、星くんなら、もし俺が自殺するときは手伝ってくれますか？」

「いやです」

「なぜですか？」

「人を殺したら警察に逮捕されるから」

「じゃ星くんは絶対に自殺しないでね。だって自分を殺すのも、人殺しじゃん。……いいみんな。これから先も大丈夫だから、何かに失敗しても、勉強できなくても、失恋とかしても。親とか誰にも言えないほど困っても自殺しちゃダメだからね。あとで俺の携帯電話の番号を教えるからさ。いつでも、かけといで。ぜったいに何でも助けてあげるから」

目の前の、フィさんと沙絵さんが大きくうなずいた。

二宮先生の顔が強張っていた。廊下からのぞいている北川校長は腕組みして余裕の笑みを浮かべていた。すると岩田先生からメモを見せられた。黒板に何か書くときは言ってくださいとあった。

「ほらみんな。自殺の話なんかするから、先生に怒られちゃったじゃん」

「そんなこと言ってませんよ」

本気で彼女が否定すると、子どもたちから笑いが起こった。そして黒板に〝ネガティブ・ケイパビリティ（負の能力／negative capability）〟と書いてもらった。

「それじゃ、フィさんにこの発音をやってもらおうかな」

「はい。negative capability」

立ち上がったフィさんの発音はきれいだった。

「ありがとね。意味は〝答えの出ない事態をじっくり見つめる能力〟です。ここからは分からなくても覚えておいて」

ここからは難しい内容だと前置きした。

「よーく、聞いてね」

これから大人になると答えが白黒だけでは、はっきりしないことが多くなる。そのとき悩み過ぎないで、このネガティブ・ケイパビリティという考え方を思い出してほしい。

「これからキミたちが大人になったとき、問題が複雑に絡み合ってて、白黒はっきりつかなくて困ることが、たくさんあると思うんだ。みんなそうだから」

ひと呼吸して前のめりになった上半身を起こすと、声変わりしかけている男子の声が飛んできた。

「それじゃ問題を解決する必要ないことは、何もしなくていいっていうことですか？　そのままほったらかしておいてかまわないってこと？」

　俺は即答した。

「もちろん解決する方法がちゃんとあれば、それに向かって一生懸命がんばってほしい。しかし世の中には、いくらがんばっても解決できないこともあるんだな。……たとえば俺の体。将来、サイボーグ技術が発達して、ＡＩを体の中に埋め込んで、思い通りに動かせるような時代になるかもしれない。けれど今のところ、それはできない。だから今はこの体でやっていくしかないんだ。自由に体を動かせる人に比べれば、俺の体はネガティブ、つまりマイナスなんだ。しかしこのマイナスをマイナスとして、しっかり受けとめる。その中でやれることもあるということをしっかりと覚悟していけば、マイナスがマイナスでなくなったり、もしかしたら逆にプラスになったりすることだってあるんだ。なあ、空さん」

　空は恥ずかしそうに、こくりとうなずいた。

「具体的なことは将来、きみたちが大人になって、いっしょにお酒を飲めるようになったら、秘訣を話してあげるよ。でも俺の本にもちょっとは書いてあるんで、興味のある人は本屋さんに行って買って読んでください。……真剣に悩んだ分だけ。朝が来たら明るくなる。とか書いてある」

「わー、空くんのおとうさん、商売上手」

　幸さんが、にこにこしながら言った。

「……それとね」

みんなは入学当時から空のお父さんとして俺を見ている。だから大人になっても街で車椅子や障害者の人を見かけたら、何かお手伝いすることありますかと声をかけてほしい。だけど外に出て来られない障害者の人がたくさんいることも忘れないでほしい。変な目で見られたり。困ったときに誰も助けてくれないと思っています。

「将来、この中に総理大臣になる人がいるかもしれない。そこまで行かなくても国の仕事をする人もいるでしょうから。うちの中でじっとしている障害者に、何か手を差し伸べてあげてくださぃ。よろしくお願いします。……あと大人の事情で俺の携帯番号。書いて配れないから。鉛筆とノートを出して。……これから言うから書いてよ。○○○—×××—○○○だよ。困ったら、いつでも電話してきな。たいていのことは解決してあげるから」

空以外の子は、みな急いでメモしていた。お互いに書いた番号が間違っていないか確認し合う子たちもいた。そしてこの授業をまとめるために岩田先生が電動車椅子の横に近づいて来たとき、もう一つ話しておかなければならないことが、俺の中に湧き上がって来た。彼女を一瞥《いちべつ》し制止して、子どもたちに語りかけた。俺の真剣さに、岩田先生は足を止めた。

「あのさ。みんな」

自らの声の強さに驚いたが話を続けた。子どもたちの視線が俺に集中した。百数十の瞳に見つめられた。その澄んだ瞳の持ち主たちに、どうしても伝えたかった。

「いじめは。……いじめは、ぜったいにダメだからね。百パーセント。いや千パーセント、いじめる方が悪いんだよ。これは肝《きも》に銘《めい》じてください。……いじめられる方は何一つ、微塵《みじん》も悪くないからね。こんな社会にしちゃった俺ら大人がいけないんだけど」

たとえ話をした。国と国だとしたら、大きな国が小さな国をいじめられない。国連が、国際法をもって許さない。大人同士なら裁判になる。俺は一息おいて言った。

「ただ子ども同士だと変なことになっちゃうんだよね。……いじめる子にも将来があるからとか言うおかしな大人がいて。……いじめられる子も、強くなれとか、しっかりしろとか。俺から言わせたら、あり得ない話だよ。何をどう言っても、いじめは相手の心と体を殺すってことだからさ。人殺しと同じだからね。忘れないで」

上半身を起こして子どもたちを見回した。すると最前列のフィさんが真剣な眼差しで、俺を見上げていた。

「フィさん。よくさ。いじめられて学校に行けなくなると、弱い子だってレッテルを張られてしまうじゃん」

「私はそんなこと、絶対にしません」

手を上げるのも忘れ、フィさんが強い口調で言った。

「わかってるよ。……この学年には、そんなことをする子はいないと信じています」

それでも死を選ぶ子もいるし。それは絶対に許されない。そして背伸びをして話を変えた。

「何かで読んだんだけどね。欧米の一部では、いじめる子の治療やカウンセリングをするんだって。いじめる子は自分のストレス解消とか、うっぷん晴らしに、いじめてるから、そちらに問題があるという考えなんだって、心が病んでるからいじめる。だから治療する。いずれそれが世界の主流になると俺は思いたいな。……でもこの国は、なかなかそうなりそうにない」

ここでは終われない。ひとつの解決手段を子どもたちに授けよう。そのとき真ん中の男子が手を上げて言った。

「それじゃ、いじめられたら、どうしたらいいんですか？」

その顔は真剣だった。すかさずほかの女子が言った。

「クラスの誰かに相談すればいいよ。あと二宮先生とか岩田先生や、校長先生に」

「でも今度は、その子がいじめられるじゃん」

まあまあと諭《さと》して、俺は話した。

「はいはい。聞いて。いじめられたとき、どうしたらいいか。究極の作戦を教えるから」

みんな静かになった。前かがみになり伝えた。まず必要なものから話した。

「今、ハガキって、一枚いくらでしたっけ？」

子どもたちが首をかしげると、二宮先生が低い声で言った。

「一枚、六十三円です」

「それを三枚で、いくらだ？」

最前列の沙絵さんが、暗算して答えてくれた。

「えっと。百八十九円です」

「ありがと。……みんなね。いじめられたら何とかしてハガキを三枚用意してください。まず一枚目のあて先は、いい？　〝東京都千代田区、総理大臣さま〟と書く」

ざわついたが声を大きくして制した。そして二枚目には〝市内、国営テレビ支局長さま〟か、もしくは〝市内、毎朝新聞支局長さま〟か、どこでも好きなマスコミでいいと続けた。あともう一枚は、と話した。

先生たちも子どもたちも、どう展開するのだろうという顔をしていた。ちょっと微笑んで俺は口を開いた。

「最後の一枚はね。どう書こうか。そう〝市内、警察署長〟でいいよ」

納得と驚いたという声が入り混じっていた。また、ざわつきを制して続けた。

「このハガキ三枚には、自分の名前とか住所は、いっさい書かなくていいからね。そしてハガキの裏には」

いじめてくる相手の情報を詳しく書く。○○学校の何年何組の誰にやられているか。助けてほしいと書いて、

「そこからは赤ペンで〝このままだと私は自殺します。いや死にます。助けてくれなかったら死んでも恨みます〟って書いてポストに入れなさい」

子どもたちはさまざまな反応をした。先生たちは過激すぎたのか無言だった。

「あと。クラスの誰かがいじめられてても同じようにハガキを書いてあげてね。大学や会社員になっても、いじめられたらこのハガキ作戦をやれば、たぶんうまくいくけど。とりあえず俺に電話しな。どんなことでも助けるからさ。じゃこれで終わります。少し時間がオーバーして、すみません」

子どもたちが拍手してくれた。そして岩田先生が横に来た。

「空くんのお父さんのお話。私も勉強になりました。あと少しだけ時間があるから、ひとりか二人だけ質問がある人」

子どもたちは、ここまでの重たい内容のせいか誰も手を上げなかった。すると後方のママから手が上がった。

「いいですか？　一つだけ」

「はい。どうぞ」

「空くんのお父さんと、ママは、どうやって知り合ったのか。この六年間、ずっと気になっちゃってて」

子どもたちからも黄色い声が上がった。空まで、俺を見つめていた。

「そうきましたか。ここまできたらお話しましょうか。うーん。……空が産まれる二年前のことなんですけど。アメリカのサンタモニカっていう所は、とっても海がきれいなビーチなんです。そこをひとり旅してたら夕方。長い桟橋の先で妻の美樹がイラストを描いていたんですね。で、何となく近づいて声かけたら……。まあ、今にいたるです。いわゆるナンパしました。よくある話でしょ。旅先で声かけるなーんて。……このへんで勘弁してください。六年間、お世話になりました。みんな、ありがと」

うそをついた。神聖な教室で大うそをついた。日直の子がお礼の言葉を読んでくれた。それから代表の子たちから手作りのレイを首に掛けられた。子どもたちの拍手の中、音楽室を出ようとしたとき空と目が合った。俺は罪の意識に唇をかんだ。妻の美樹との出会いについて、また作り話をしてしまった。このとき俺は、のんきな一人旅などしていたわけではなく、絶望の淵をさまよっていた。そして美樹も同じだった。

# エピローグ　想像の翼を広げて

校長室に入ると、岩田《いわた》先生も小走りに追いかけてきた。そして北川《きたがわ》校長は二本のコーラを俺と彼女の前に置いた。そのペットボトルには赤いリボンがついていた。校長先生は自分用に缶コーヒーを小さな冷蔵庫から出した。やはりブラック無糖だった。三人で乾杯をした。岩田先生が頬を紅潮させて言った。

「さすが、お父さん。今日の課外授業を、あの子たちは忘れないと思うな」

校長先生も感心していた。

「すごくよかったですよ。また来年もお願いしようかしら」

「いやいや」

するとと腕時計を見て岩田先生は、

「あ。帰りの会の時間だわ」

急いで校長室を出ていった。

「……今、やっと少し落ち着いたんですけど校長先生。あんな話で本当によかったのかな？

……あと子どもたちに最後、うそ言っちゃったんだ」

「何を？」

北川校長は、けげんな顔をした。俺は真実を話すことにした。ここで話さずにはいられない気持ちだった。これからも持ち続けていく大きな荷物を、校長先生には伝えたかった。

「……わが家の秘密、守ってもらえますか」

「ええ」

「妻との出会いは、お互いは死のうとしていたんです」

静かにゆっくりと、校長先生に話した。

サンタモニカで出会ったとき、美樹《みき》のお腹には、すでに空《そら》がいた。これは夫婦だけの墓場まで持っていく秘密だ。できちゃった婚ではなく。もう、できていた婚だった。これは決して誰にも知られる訳にいかない事実だった。

三十代の半ば、すべてに絶望していた。この動かない醜い体に辟易《へきえき》としていた。カリフォルニアのビーチで夜、そっと海に落ちてサメのエサになるつもりでいた。本気だった。

なんとか自分でマックを食べて、夕方の海を見ていた。長い栈橋《さんばし》を見つけてそこにしようと決めていた。

その長い栈橋の先には、人影があった。

——釣り人だろうか？

ところが暗くなり始めても桟橋の先端にいる人影は帰る様子がない。仕方なく車椅子を右足で漕いで進み、ゆっくり桟橋の先まで行った。近づくその背中は若い女性だった。よく見ると彼女は、水平線のイラストを描いていた。英語に自信がなく話しかけられずにいると、彼女が振り返った。そして早口の声が飛んで来た。

「……何かお困りですか。お手伝いできることがあれば」

突然の日本語に驚いた。

「あ。いえ、きれいな絵ですね」

「こんなのダメです」

「俺は好きだけどな。……この絵」

けっきょく朝まで名も知らぬ彼女と話をした。サンタモニカの海は、おだやかだった。すると唐突に彼女がつぶやいた。横顔が怖かった。

「……私、彼氏に捨てられて。このお腹に赤ちゃんもいるんです。……でもこの海に飛び込んで死ぬ勇気が出なくて。もう三日もこうしてるんです。この子がかわいそうで」

——なんだそりゃ。

俺の方が深刻だ。早く死ぬために、どいてほしかった、そして大げさに言ってやった。

「そうなんだ。実は俺も死のうと思ってるのに、あなたがどいてくれないんだもん」

「えっ⁉」

彼女は驚き、目を丸くして俺の顔を見た。うっすらとビーチは明るくなり始めていた。

「どうしてですか？」

「見れば分かるでしょ。この体ですよ。いいことなんか一つもない。死にたくならない方が、おかしいじゃん。俺に比べたら、あなたなんかさ」

「……」

俺は遠くを見ながら芝居がかって言った。どうせ彼女とは二度と会わない。この場さえしのげば、この子は帰ってくれるだろう。きっと顔色を変えて逃げていくだろう。そしてあらぬことを言ってしまった。思いつきの出まかせだった。

「あのさ。知り合って八時間ぐらいで言うことじゃないけど。……お腹の子のお父さんが必要なだけなら、いいじゃん。俺でさ。……こんな障害者が言う事じゃないけど」

「ううん。……それもいいかもしれません。あなたがご迷惑でなければ」

えっと驚いたが咳払《せきばら》いをしてごまかした。彼女を追い払うつもりが驚く返事だった。耳を疑った。

朝の光に、彼女の顔がはっきりと見えた。嬉しいのか悲しいのか複雑な表情をしていた。

「けど。……この子は」

「その子は、俺の子。ふたりがそういうことにすれば、誰にもバレないじゃん」

彼女の目に、大粒の涙があふれていた。

お互いに名前も知らないままのプロポーズだった。彼女をまっすぐ見て言った。

「こんな自分でよかったら、結婚してください」

「はい」

生きていると何が起こるか判らない。誰よりも俺が一番驚いていた。現実だとは思えなかった。見届け人は、サンタモニカの空と海だった。そして彼女は帰国すると、水平線を描いたイラストが有名なコンテストに入選していた。そのプロフィールには、本名が俺の苗字になっていた。

空には、俺の寿命が終わるころに手紙を書こうとは思っているが、書かないままにするかはそのときに考えよう。それこそネガティブ・ケイパビリティだ。答えの出ない事態を、じっくりと見つめて考え続けていこうと思っています。北川えいる校長先生は何も言わず聞いてくれた。それでも先生は、西崎さんは空くんと海くんにとって最高の〝お父さん〟ですよと思ってくれていたのが判った。言葉にしない優しさが伝わって来た。

早春の卒業式は静かだった。親たちは、みな涙していた。思えばこの六年間は思い出がたくさんある。

担任が子どもたちの名前を読み上げ、ひとりひとりに北川校長先生から卒業証書を受け取っていく。二組になり岩田先生がマイクの前に立った。その袴姿《はかますがた》はとても素敵だった。翼《つばさ》は男子用の袴姿だった。場内が少しざわめいたが、翼は凛《りん》として胸を張り卒業証書を北川校長から受け取った。

この六年間は長かったような、あっという間のような六つの短編小説に思えた。

「空くんのおとうさーん」

沙絵さんとフィさんが駆け寄って来た。翼も、俺の横に来た。

「みんな。卒業、おめでとう」

「記念写真、撮ろうよ」

そこに岩田先生も来た。美樹がスマホを手に、みんなもっとくっついてと言った。人生ではじめての、花に囲まれた黒一点の写真になった。翼と沙絵《さえ》さんが並ぶと、まるで宝塚歌劇団のようだった。

海《うみ》は小学三年生になった。新学期の始業式から忘れ物を届けに行くと、男性の校長先生がはじめての挨拶をしていた。ふしぎと校庭が今までとは違う場所に見えた。そして職員室の前まで行

くと、扉《とびら》がしまっていた。すると、

「空くんのお父さん。どうぞ入って」

声が聞こえた。確かに北川校長の声だった。急いで電動車椅子をターンさせたが、校長室は閉まっていた。灯りも消えていた。

——もう北川校長先生はいないのか。

今まで会えるのが当たり前だった日常が、もうここにはない。もっと大切に過ごせばよかったという思いに襲われた。ふと、どこか知らない小学校の校庭を思い浮かべた。きっと元気いっぱいの北川校長先生は朝礼台に立ち、一年生に呼び掛けているだろう。

「……それではまず一年生のみなさん。校長先生の名前を覚えてください。大きな声で言ってみましょう。いいかな……」

そして校内をさっそうとゆく、北川校長の姿が見えるようだった。

人生は楽しく面白い。校長先生と出会ってからの日々を思い返した。そして勢いよく電動車椅子で校門を出た。見上げる空は、いつもより青かった。

——そうだ、これがいい！

何年ぶりだろう。ひさしぶりに小説の題名を思いついた。そう、『空と海と校長先生』としよう。早くパソコンの前に座りたい。

――北川えいる校長先生。

ありがとう。先生との六年間は、物語にあふれていました。おかげで俺のさびついて動かなくなっていた創作意欲のエンジンがかかりました。想像の翼を大きく広げて、たくましく生きていきます。空と海の、最高の父親として。

この作品はフィクションであり、実在の人物・団体とは一切関係ありません。

**中村勝雄**（なかむら・かつお）
1960年、長崎県に生まれる。81年、平塚養護学校・高等部卒業。同年、映画監督・木下恵介に師事。 83年、ＡＴＧ映画脚本賞・佳作を受賞。99年、短編小説集『涼子 Hello My Love』（プラルト）を出版。2001年『パラダイスウォーカー』で第８回小学館ノンフィクション大賞優秀賞を受賞。同作は小学館から出版され、「障害者を知るための10冊」に選出されている。03年、東京（中日）新聞にエッセイが連載され好評を博し、東京都「総合の時間」副教材として採用される。11年『もう一度、抱きしめたい――脳性まひの僕に舞い降りたダウン症の王子様』（東京新聞出版部）を出版。作家として異色のバリアフリー論を新聞・雑誌等に発表しており、ユニークな講演も評判。車椅子の重度脳性マヒ、障害者手帳１級。

表紙・扉／**山本千颯**（やまもと・ちはや）
東京都生まれ。美大を卒業後・介護ヘルパーをしながらイラストレーター・デザイナーとして活動。だれかの”大切”をつくれるデザインができたらと日々精進。

表紙・扉の切り絵／**浦井幸太**（うらい・こうた）
2002年、神奈川県生まれ。ダウン症のアーチスト。2020年、金沢養護学校・高等部卒業。ＢＧＡプロジェクト横浜に参加。Artworks Together An International Competition for Artists With Learning Disabilities and/or Autism 2021 最終選考。第4回 DIVERSITY IN THE ART 2次選考通過。2022年、初の個展『幸太の世界』が好評を博す。

# 空《そら》と海《うみ》と校長先生《こうちょうせんせい》

2023年9月5日　初版発行

著　者　中村勝雄
編　集　福岡貴善
発行所　悠人書院
〒390-0877 長野県松本市沢村 1-2-11
電話／090-9647-6693
Eメール／Yujinbooks2011@gmail.com
印　刷　株式会社プラルト
製　本　株式会社渋谷文泉閣

ISBN 978-4-910490-08-3 C0095